VOM NIEDLICHEN BABY

ZUM

HORRORKIND

von

einer Mutter, die 16 Jahre vom eigenen Kind

hintergangen wurde

Vorwort

Vom niedlichen Baby zum Horrorkind

Ich habe lange überlegt, ob ich diese Ereignisse usw. überhaupt zu Papier bringen soll, aber dann habe ich mir gedacht, dass man 1. einiges verarbeiten kann und 2. Eltern, denen es ähnlich ergeht bzw. ergangen ist sagen kann, dass sie nicht alleine sind.

Das sind nur einige der krassen Vorfälle, die passiert sind. Einiges hat man im Laufe der Zeit auch verdrängt bzw. vergessen, weil das einfach zu viele waren.

Dieses Kind hat schon sehr früh angefangen, Lügengeschichten zu erzählen, Leute zu beklauen und sogar Unterschriften zu fälschen…

Das, was ich bzw. wir erlebt haben, kann man kaum glauben, so ein Horror ist das! Ich hoffe, dass das bald vorbei ist und wir wieder zur Ruhe kommen! Wenn ich mit jemandem über das Ganze rede, sagt der, dass man das kaum glauben mag. Aber alles, was ich hier aufschreibe, ist wirklich passiert! Es kann sein, dass ich mal in der zeitlichen Abfolge durcheinander komme oder mich auch mal wiederhole, aber es entspricht alles der (rauen) Wahrheit und wir haben das alles erlebt, ausgehalten und auch durchgestanden!

Ich sage nur eins: Alle reden immer nur von Kinderschutz, aber wer denkt mal an die Eltern, die Geschwister und Großeltern, die dem Terror der Kinder hilflos ausgesetzt sind und keine Hilfe zu erwarten haben…?

Hinzu kommt, dass man, wenn man mit dem falschen Partner Kinder bekommt, ziemlich alleine ist und sich in einem Dauerkrieg befindet. Hätte ich das alles vorher gewusst, hätte ich mich auf diesen Spinner nie eingelassen. Aber ich hatte Torschlusspanik und wollte aus dem Ghetto, in dem ich gewohnt hatte, endlich raus und damit habe ich meine Chance gesehen und es auch geschafft, da raus zu kommen (ich hätte den aber da schon zum Mond schießen sollen und in meiner kleinen Wohnung im „Ghetto" bleiben sollen). Alles andere mit diesem Typen war für die Katz und das Kind hätte ich auch nicht bekommen dürfen… Auch wenn es sich hart anhört, aber wir haben mit diesem Kind die Hölle auf Erden erlebt. Hast du so ein Kind, brauchst du keine Feinde mehr!

Wozu ein verlassener Kerl in der Lage ist, um sich zu rächen, hätte ich nie für möglich gehalten, aber es ist möglich. Dieser Typ benutzt seit Jahren seine eigene Tochter, um sich an mir dafür zu rächen, dass ich ihn – und nicht ohne Grund – wie noch zu lesen ist, rausgeschmissen habe und das Kind lässt sich dafür benutzen. Ich dachte immer, dass es besser wird, wenn das Kind älter wird, aber im Gegenteil, es wurde immer schlimmer und jetzt hat die ganze Geschichte ihren Höhepunkt erreicht!

Der Anfang:

Am 06. Juni 1996 hat mir der Frauenarzt mitgeteilt, dass ich schwanger bin. Mein erstes Wort war „Scheiße". Der Arzt fragte mich dann, ob es Probleme gäbe. Ich dachte (habe es aber leider nie ausgesprochen): Ja, die gibt es. Ich möchte noch kein Kind, obwohl ich 26 war. Der Erzeuger war nicht der „Traum Erzeuger" und ich war krank und arbeitslos. Keine guten Voraussetzungen, um ein Kind zu bekommen. Da ich damals aber gegen Abtreibungen war, sagte ich zum Arzt, dass es schwer werden wird, aber ich werde das schon schaffen.

Das war aber leichter gesagt als getan, weil der Erzeuger zwar Arbeit hatte aber als ungelernter nicht so viel verdient hat, um eine

Familie ordentlich zu ernähren. Somit fingen die Probleme schon an…

Hinzu kam, dass der werte Erzeuger ziemlich viel Alkohol getrunken hat, was mir zu der Zeit aber noch nicht wirklich bewusst war.

Die Schwangerschaft verlief ohne Probleme. Ich musste nicht spucken oder sonst was. Die einzigen Einschränkungen, die ich hatte waren, dass ich meinen Hund nicht mehr füttern konnte, weil mir von dem Geruch des Hundefutters schlecht wurde. Ich habe dann halt für das Befüllen des Futternapfes die Luft angehalten, dann ging es. Das zweite Problem war, dass ich kein Fleisch mehr zubereiten konnte, weil mir von dem Bratgeruch auch schlecht wurde. Essen konnte ich das Fleisch aber noch, wenn jemand anderes es zubereitet hatte und ich nicht in der Küche war.

Wie schon gesagt, die Schwangerschaft verlief ohne Probleme, die Kontrolltermine waren immer super. Dann kam der Dezember 1996. Ich hatte den letzten Arzttermin am 07.12.1996 und der Arzt sagte mir, dass ich, weil die Schwangerschaft so gut verlaufen ist, zwischen den Feiertagen nicht zum Arzt müsse. Er hat Urlaub und ich kann mir dann den Weg zu einer Vertretung sparen. Wir vereinbarten dann einen Termin für Anfang Januar 1997.

Nach diesem Arzttermin war ich vermehrt müde und die werdende Oma sagte mir, dass das völlig normal sei so kurz vor dem Stichtag und ich habe mir keine Sorgen gemacht. Am 07. Januar 1997 stand dann der nächste Termin an und ich wollte diesen erst verschieben, weil ich so müde war und es draußen ungemütlich war – es hatte etwas geschneit und es war diesig und kalt. Ich bin immer mit dem Fahrrad zu den Kontrollterminen gefahren und war nach den Terminen immer noch bei einer Freundin zum Frühstücken, das hat sich so eingebürgert.

Naja, ich den Termin nicht verschoben, ich hatte mir gedacht, dass das ja an einem anderen Tag nicht besser sein wird mit dem Wetter, also habe ich das Fahrrad raus geholt und bin los gefahren.

Der Arzt fragte mich zuerst, ob zwischen Weihnachten und Neujahr etwas Besonderes gewesen sei. Ich hatte ihm dann von der Müdigkeit erzählt und er sagte auch, dass das nicht ungewöhnlich ist und dann machte er den üblichen Ultraschall.

Dann ging es Schlag auf Schlag! Der Arzt guckte ganz erschrocken und sagte nur zu mir, dass das Fruchtwasser weg sei und das Kind viel zu klein ist, und dass ich sofort ins Krankenhaus muss. Eine Arzthelferin hat dann im Krankenhaus angerufen und die haben dann zu ihr gesagt, dass ich entweder am selben Tag noch kommen soll oder noch 2 Tage warten soll. Ich habe dann, weil ich mir Sorgen gemacht habe, gesagt, dass ich natürlich am selben Tag noch komme, ich müsste nur kurz nach Hause und das Fahrrad gegen das Auto eintauschen. Die vom Krankenhaus gaben mir dann noch Zeit bis 13.30 Uhr, dann sollte ich kommen.

Nach dem Arzt bin ich dann noch kurz zu meiner Freundin (die wohnte auf dem direkten Weg von der Praxis und meinem Zuhause). Es war ja noch Zeit bis zu dem Termin im Krankenhaus. Ich habe ihr dann erzählt, dass ich nicht lange bleiben könne, weil ich ins Krankenhaus muss. Ich bin dann nach Hause gefahren und habe das Fahrrad gegen das Auto eingetauscht und bin ins Krankenhaus gefahren.

Ich bin dann ins Krankenhaus gefahren und dort wurden Untersuchungen gemacht. Der Befund des Frauenarztes wurde dann bestätigt. Das Kind war viel zu klein und ein Schenkel war nicht „ausgereift". Es wurde dann vermutet, dass das vom Rauchen kommt. Das hat sich aber nach der Entbindung NICHT bestätigt. Ich habe während der Schwangerschaft nicht viel geraucht. Da die Schwangerschaft erst sehr spät festgestellt wurde, sagte der Frauenarzt zu mir, dass ich nicht ganz aufhören soll. Ich habe das Rauchen dann auf die Zigarette nach dem Essen reduziert (um klarzustellen, dass das wirklich nicht vom Rauchen kam: in der Schwangerschaft meines zweiten Kindes war ich schon mehr als 1 Jahr Nichtraucherin und trotzdem war genau das gleiche, wie bei der ersten Schwangerschaft...)

Die Ärzte wollten mich gleich im Krankenhaus behalten, da hatte ich dann schon die ersten Probleme. Meine Tasche war nicht gepackt, was aber nicht so schlimm war, denn die Klamotten lagen schon zum Einpacken bereit und die Tasche stand da auch schon. Dann konnte ich den Erzeuger nicht erreichen. Er war zu der Zeit ca. 100 km entfernt auf einer Baustelle am Arbeiten und ich hatte ihn als ich ca. im 8. Monat war, gebeten, mir von irgendeinem (Hausmeister oder Mieter, der immer da ist) eine Telefonnummer zu geben, damit ich ihn anrufen kann, falls mal was ist. Der hat es aber nicht für möglich gehalten, mir irgendeine Telefonnummer zu geben – ich hätte damals echt schon stutzig werden müssen… Und dann musste ich den Hund noch versorgen. Dafür hat sich aber eine Nachbarin angeboten.

Ich sollte dann am nächsten Tag morgens um halb 8 „nüchtern" im Krankenhaus sein. Also hatte ich auf jeden Fall noch genug Zeit, die Tasche zu packen und den Hund zu versorgen.

Am nächsten Morgen war ich dann auch pünktlich im Krankenhaus – der Erzeuge hat es sogar geschafft, sich frei zu nehmen.

Es wurden dann wieder Untersuchungen gemacht. Auf einmal fragte die Hebamme mich, ob ich Schmerzen hätte. Ich vermeinte und sie sagte nur, dass der Wehenschreiber so doll ausschlägt, dass ich vor Schmerzen schreien müsse. Vielleicht habe ich nichts gemerkt, weil ich ja Schmerzen gewöhnt bin, keine Ahnung. Dann ging alles ganz schnell. Die Hebamme sagte nur kurz, dass die Herztöne weg sind und wie auf Knopfdruck ging die Tür aus und es kamen Ärzte und Schwestern rein. Ich musste mir dann irgendwie den Pullover ausziehen und sollte noch die Ohrringe raus machen (was ich aber nicht mehr geschafft habe). Dann wurde die Kappe von der Braunüle abgemacht und die Decke färbte sich rot ein. Der Erzeuger hat meine Brille genommen und dann wurde ich in den OP gefahren. Ich bekam eine Vollnarkose und war weg. Als ich wieder wach wurde, wurde mir gesagt, dass es ein Mädchen ist und sie haben gefragt wie es heißen soll. Ich habe dann den Namen gesagt und dann kam die Mutter des Erzeugers auf mich zugestürmt. Ich habe die dann allesamt „rausgeworfen", das war zu viel für mich. Als ich auf dem Zimmer war, habe ich nach meiner Brille gefragt, damit war der Erzeuger aber weggefahren und meine Tasche war auch weg. Mir wurde gesagt, dass das Kind auf der Intensivstation ist und es ihm gut geht. Leider konnten die kein Polaroid von dem Kind machen, weil die Kamera kaputt gegangen ist und ich könnte auch nicht zu dem Kind gebracht werden, weil kein Personal da war, das mich zur Station, die am anderen Ende und einem ganz anderen Stock war, als die Entbindungsstation. Ich hatte also ein Kind bekommen, das ich nicht sehen konnte. Ganz schön frustrierend.

So viel zur Schwangerschaft und Geburt.

Die erste Zeit mit dem Kind:

Das Kind wurde nach Hause entlassen und dann ging es los mit Koliken etc.. Ich bin dann ständig beim Arzt gewesen und irgendwann hatte ich mal eine Arztfrau am Telefon, die Zwillinge hatte, die das gleiche Problem hatten. Die sagte mir dann, dass ich bedenkenlos die Tropfen gegen Blähungen ins Essen machen kann, das würde dem Kind nicht schaden und das habe ich dann auch gemacht.

Als das Kind ca. 7 Monate war sind wir von der Wohnung im 2. Stock in eine große helle ebenerdige Wohnung gezogen. Dann musste ich jedenfalls nicht mehr die vielen Treppen steigen.

Als wir in die Wohnung gezogen waren, ist mir immer mehr bewusst geworden, dass der Erzeuger sehr viel Alkohol trinkt und angebliche Überstunden (wovon man auf der Lohnabrechnung nie was gesehen hat) zusammen mit seinem Kollegen und diversen Bieren in einer Sackgasse verbracht hat. Eine damalige Freundin von mir hat mir das mal erzählt und als die mal wieder da gestanden haben, sind wir hingegangen und tatsächlich, das waren die sogenannten Überstunden. Ein anderes Mal waren meine ehemaligen Kolleginnen vom Ausbildungsbetrieb bei mir zum Kaffee. Einige von uns haben ziemlich zeitgleich Kinder bekommen und dann haben wir uns hier getroffen. Als der Erzeuger dann von der Arbeit kam, hat er sich erst mal ein Bier genommen, bevor er überhaupt die Gäste begrüßt hat. Das habe ich zu dem Zeitpunkt gar nicht wahrgenommen, erst, als eine der Kolleginnen mich darauf hingewiesen hat. Ich wurde immer hellhöriger…

In dem Jahr, wo wir in die Wohnung gezogen sind, verstarb der Kollege des Erzeugers, und kurz danach hat dieser dann von seinem Arbeitgeber die Kündigung erhalten. Angeblich, laut seiner Aussage, weil sein Kollege ein Verhältnis mit der Ehefrau des Chefs hatte usw.. Den wahren Grund hat er natürlich nicht gesagt.

Ich habe mich dann an den Computer gesetzt, um Bewerbungen für den zu schreiben. Als ich ihn dann nach seinen Gesellenbrief fragte, kam es dann – voll die Lüge -: Er hat mir dann erzählt, dass er nachlernen musste, also bei der ersten Gesellenprüfung durchgefallen wäre. Ich sagte dann, dass er ja aber die Prüfung wiederholt hat, so wie er mir erzählt hat, dann also auch einen Gesellenbrief haben müsse. Er sagte dann und das war echt der Hammer! Wenn man einmal durch die Prüfung gefallen ist, die dann aber nachhole und dann besteht, würde man KEINEN Gesellenbrief ausgehändigt bekommen. Ich habe ihm dann gesagt, dass er mir so was nicht erzählen kann. Egal, wann man die Prüfung macht, wenn man besteht, bekommt man auch einen Gesellenbrief. Ich habe ihm dann gesagt, er soll zur Handwerkskammer gehen (eine Niederlassung gibt es hier im Ort) und dort fragen, ob er eine Kopie des Gesellenbriefes bekommen kann. Das hat er natürlich bis heute nicht gemacht, weil er gar keine zweite Prüfung abgelegt hat. Dieser Kollege, der verstorben war, hatte ihn immer mit „durchgeschleppt" und die Kündigung von seinem Chef hat er bekommen, weil er alleine auf den Baustellen nicht einsetzbar war. Aber er meinte, er kann mir weismachen, er hätte den Gesellenbrief nicht ausgehändigt bekommen.

Naja, auch ohne den Gesellenbrief habe ich einen Betrieb gefunden, der ihn einstellt. Aber lange hat er dort nicht gearbeitet – anscheinend konnte er nichts und musste wieder gehen.

Dieses Kind wollte und wollte nie schlafen. Ich habe mit meinem Arzt darüber gesprochen und ihm gesagt, dass ich wohl nicht in der Lage bin, ein Kind zu erziehen (was das Jugendamt jetzt in einem Gutachten bestätigt hat.., aber dazu später). Mein Arzt sagte mir, dass es nicht an mir liegt, dass dieses Kind immer schreit und hat mir einige Tipps gegeben, aber nichts half. Selbst der tolle Onkel – väterlicherseits – meinte, ich wäre zu blöd und er würde jetzt dafür sorgen dass das Kind schläft. Denkste, der hat irgendwann aufgegeben. Mir ist aber aufgefallen, dass das Kind überall geschlafen hat, nur nicht in ihrem Bett. Also habe ich, als das Kind 2 Jahre alt war, neue Möbel für das Kind gekauft und das Zimmer renoviert und siehe da, das Kind hat geschlafen – zum Glück! Es hat zwar lange gedauert, aber ich habe es geschafft – BINGO!

Da der Erzeuger ja nicht in der Lage war, so viel Geld zu verdienen, mittlerweile war er von seinem Chef gekündigt, habe ich, als das Kind 8 Monate alt war, einfach mal Bewerbungen geschrieben (ich wollte einen neuen Drucker ausprobieren und die Tinte nicht verschwenden, deshalb habe ich spontan Bewerbungen geschrieben). Ich hatte auch gleich bei der ersten Bewerbung Glück und bekam 4 Wochen, nachdem ich die Bewerbung geschrieben hatte, einen Anruf und konnte dann zeitlich begrenzt dort als Teilzeitkraft anfangen. So, nun aber die Frage, wohin mit dem Kind. Es gab zu der Zeit noch keine Krippenplätze und es gab zu der Zeit auch noch keine Garantie für einen Kita-Platz. Ich habe dann die Eltern des Erzeugers gefragt, weil ich mit meiner Mutter zu der Zeit Funkstille hatte und meine Mutter auch arbeiten musste. Die Mutter des Erzeugers hat sich dann bereit erklärt, auf das Kind aufzupassen. Ich musste ja auch arbeiten, weil das Geld sehr knapp war und ich nicht immer jeden Pfennig dreimal umdrehen wollte. Leider war das ein Fehler, das Kind da hinzugeben, aber was sollte ich machen…

Also brachte ich das Kind jeden morgen zu den Eltern des Erzeugers und bin dann knapp 4 Stunden arbeiten gegangen. Da das Kind noch sehr klein war, konnten die noch nicht so viel anstellen, deshalb habe ich da auch noch nichts gemerkt. Als dann der Vertrag da auslief, wurde mir in einem anderen Bereich des Arbeitgebers ein weiterer befristeter Vertrag zugesagt, den ich auch gerne angenommen habe, denn so knapp 1000,00 DM mehr zu haben, ist doch schon ein gutes Gefühl.

Zwei Monate nach dem Ende des ersten Zeitvertrages konnte ich dann in dem anderen Bereich starten. Dieser Vertrag lief auch über einen längeren Zeitraum und nicht nur 3 Monate.

Kurz vor Ende dieser Beschäftigung habe ich spontan mit dem Kind Urlaub bei Verwandten des Erzeugers, mit denen ich mich gut verstanden habe, gemacht. Wir hatten dort eine schöne Zeit und konnten uns erholen. Da waren Kinder, die sich mit dem Kind beschäftigt haben und ich konnte mich mal mit den Verwandten unterhalten. Es waren teileweise sehr aufschlussreiche Gespräche die wir hatten und die haben mir in so manchen Dingen die Augen geöffnet. Unter anderem haben die meinen Verdacht, dass der die Gesellenprüfung gar nicht gemacht hat, bestätigt. Außerdem haben die mir noch andere Dinge erzählt, durch die ich dann, was den Erzeuger und seine Eltern anging, schlauer geworden bin. Ich habe die seitdem mit anderen Augen gesehen.

Und nun kommt die Zeit, wo ich bei meinem jetzigen Arbeitgeber angefangen bin. Dort musste ich die erste Zeit nachmittags arbeiten. Ich habe das gemacht, weil ich unbedingt einen festen Job haben wollte. Das Kind war wieder bei den Eltern vom Erzeuger. Da ging es aber los. Das Kind, mittlerweile 2 Jahre, sollte z. B. nachmittags nicht mehr schlafen, weil sie abends sonst immer so lange wach war. Ich hatte die Eltern des

Erzeugers gebeten, sie wach zu halten. Die Mutter hat dann gesagt, dass sie sie – natürlich – wach halten wird. Ich habe das natürlich geglaubt… Und was war: Sie hat sich nicht daran gehalten. Irgendwann habe ich dann zu Hören bekommen (u. a. hat die sich verplappert…), dass das Kind nachmittags doch schläft. Ich natürlich stinksauer, aber was sollte ich machen, ich war auf die Leute angewiesen. Dann hatte ich die gebeten, den Schnuller und die Windeln weg zu lassen, weil sie jetzt in dem Alter war, von dem Kram los zu kommen. Und was haben die gemacht??? Natürlich dem Kind den Schnuller gegeben, als ich aus der Tür war und wenn die unterwegs wollten, gab es für das Kind – natürlich – eine Windel, so ein Schwachsinn!

Ich hatte den Erzeuger gebeten, mit seinen Eltern zu sprechen, schließlich profitiert er auch davon, dass ich arbeiten gehe. Aber das hat der wohl nicht gemacht, denn geändert hat sich nichts. Die Eltern und der Erzeuger haben dem Kind immer wieder eingeredet, dass sie mir von alledem (Windeln, Schnuller etc.) nichts sagen dürfe, woran sie sich dann wohl auch gehalten hat. Als ich dann mal gefragt habe, ob sie z. B. geschlafen hat, hat sie natürlich nein gesagt, was ja aber nicht stimmte.

Ich habe immer schon gesagt, dass der Erzeuger und seine Eltern dem Kind das Lügen anerzogen haben und sie im Grunde gar nicht so viel dafür kann. Aber leider hat mir niemand geholfen, bis heute nicht!

Dann kam endlich der Zeitpunkt, wo das Kind in den Kindergarten konnte. Ich war richtig froh, dass sie bei den Eltern ihres Erzeugers nicht mehr täglich sein musste.

Im Kindergarten gab es aber leider auch Probleme, und zwar hat das Kind ständig eingenässt. Ich bin immer beim Kinderarzt gewesen, um eine Ursache zu finden, aber leider hat dieser keine richtigen Untersuchungen gemacht und ich habe damit erst mal leben müssen. Aber hierzu später mehr…

Die Erzieherinnen sagten, dass das wahrscheinlich davon kommt, dass sie Angst hätte, dass irgendwelche Spielsachen, mit denen sie gerade gespielt hat, weg wären, wenn sie aufs Klo geht.

Als das Kind 5 war, habe ich den Erzeuger vor die Tür gesetzt, weil das „Zusammenleben" mit dem immer unmöglicher wurde.

Ich wollte mich schon einmal von dem trennen, aber dann wurde mir von ihm und seinen Eltern eingeredet, dass ich alles mit

Kind, Hund und Gehbehinderung nicht schaffen würde, ich wäre auf diese Person angewiesen und ich – blöd wie ich war – hab das geglaubt.

Der ist nicht mehr wirklich arbeiten gegangen, hat immer mehr gesoffen (war teilweise am späten Vormittag schon total besoffen), hat sich nicht um eine richtige Arbeit gekümmert, Frauenkleider angezogen (was zwischenzeitlich mal raus kam und er – angeblich – damit aufhören wollte) und sich Pampers für Erwachsene angelegt hat.

Außerdem hat er im Suff fast 2 Polizisten verletzt. Er ist bei starkem Schneefall mit dem Auto zu seiner Firma gefahren, weil er unbedingt eine Krankenmeldung abgeben wollte – es gibt ja keine Post. Ich war mit dem Kind auf einer Beerdigung und es war in der Kapelle – Anfang Februar – ein

Schmetterling, das hat mich zum Nachdenken gebracht. Als wir dann nach Hause kamen, war der Erzeuger schon wieder betrunken. Das Kind war dann auf dem Sofa eingeschlafen und er meinte, wir sollen mit ihm mitfahren, um die Krankenmeldung abzugeben. Ich habe dann gesagt, dass er, wenn er unbedingt da hinfahren muss, warten soll, bis das Kind wach ist und dann fahre ich mit meinem Auto, weil das u. a. die besseren Reifen hat. Man könne die Krankenmeldung aber auch mit der Post schicken. Dafür hat jeder Chef bei dem Wetter Verständnis. Und wenn man krank ist, muss man nicht ca. 35 km fahren, um die Krankenmeldung persönlich abzugeben. Das wollte er aber nicht. Stunden später kam dann ein Anruf von der Autobahnpolizei, dass ich ihn abholen soll. Ich war total sauer. Die haben mich doch allen Ernstes gefragt, ob ich auch Alkohol getrunken hätte. Dem Polizisten habe ich erst mal ein paar Reihen erzählt. Er meinte, er müsse das fragen, weil es ja sein kann, dass man gemeinsam getrunken hat – im Nachhinein habe ich auch verstanden, warum er das gefragt hat...

Was genau an diesem Tag passiert ist, konnte der Erzeuger mir nicht erzählen, das habe ich erst raus bekommen, als ich das erste Gutachten von der MPU gefunden hatte. Der ist mit 2,14 Promille ans Ende einer Unfallstelle gerast, wollte wohl ausweichen, da standen dann die 2 Polizisten, die sich gerade noch mit einem Hechtsprung über die Leitplanken retten konnten. Das Ende vom Lied war dann, dass er fast 2 Jahre lang keinen Führerschein hatte. In dem Gutachten stand dann auch noch, dass ich Schuld hätte, dass er betrunken gefahren ist. Ich hätte ausrasten können. Er hat da gesagt, dass ich ihm genötigt hätte zu fahren.

Dann habe ich zusammen mit dem – was auch ein Fehler war – die Wohnung, in der wir gewohnt haben und die darunter liegende Wohnung gekauft (die waren miteinander verbunden, sodass man beide zusammen nutzen konnte). Ich dachte, es wird dann besser mit dem, aber das war nicht an dem!

Kurz nach dem Kauf der Wohnungen habe ich dann, weil ich mir mittlerweile immer mehr vor dem Erzeuger geekelt habe, ein Zimmer in der unteren Wohnung eingerichtet. Ich konnte und wollte mit dem nicht mehr in einem Raum schlafen.

Irgendwann konnte ich nicht mehr und habe ihn gebeten zu gehen, auch zum Schutze des Kindes, weil es immer unausstehlicher hier wurde. Bei dem Entschluss, ihn zu bitten zu

gehen, hat mir auch mein jetziger Mann „geholfen". Mir ist immer mehr klar geworden, dass ich mit dem Erzeuger nicht mehr zusammen leben kann und will.
Mein Kind sollte nicht mit einem dauerbetrunkenen Erzeuger aufwachsen, es sollte eine schöne Kindheit haben, notfalls auch ohne Erzeuger. Er ist dann vorübergehend – nachdem ich das Kind habe entscheiden lassen, in welcher Wohnung sie wohnen möchte – in die untere Wohnung gezogen, was aber auch ein riesen Fehler war.

Er hat das Kind immer mit Naschis (natürlich immer vor dem Essen) gelockt und sie damit vollgestopft, sodass sie dann zu den Mahlzeiten nichts mehr gegessen hat!
Dass er das Kind negativ beeinflusst habe ich auch u. a. daran gemerkt, dass ich z. B. eines Abends auf meiner Zahnbürste Flüssigseife hatte, die das Kind da raufgemacht

hatte. Auf so eine Idee kommt ein Kind von 5 Jahren aber nicht alleine. Ich hatte damals schon den Verdacht, dass der sie „beauftragt", irgendwelche Sachen zu machen. Ich habe sie dann auch ein paar Mal gefragt, ob sie das machen sollte, aber sie hat das nie zugegeben. Ich bin aber fest davon überzeugt, dass das so ist, das ist mir in den Jahren danach auch immer wieder aufgefallen.

Als ich dann versuchen wollte, eine der Wohnungen zu vermieten, um das alles halten zu können, ist der ausgerastet, das habe ich aber nicht so schnell mitbekommen. Ich habe nur gehört, dass das Kind draußen geschrien hat, dachte aber, sie spielt. Dann kam eine Nachbarin zu mir rüber und sagte mir, dass der mit großen Steinen werfen würde, und das genau in die Richtung, wo das Kind war. Er hat einen Schuppen kaputt gehauen und Gartenmöbel zerstört. Ich habe das Kind dann rein geholt und sie getröstet. Dann bin ich, nachdem ich ein Telefonat von dem und seinem Bruder mitbekommen habe mit dem Kind „abgehauen". Erst zu einem Kumpel und dann zu meiner Mutter. In dem Telefonat hat er u. a. gesagt, dass er das Haus in die Luft jagen will – das hatte ja schon mal funktioniert -. Ich hatte Angst um mich und mein Kind. Meine Mutter hat dann, nachdem meine Nachbarin mich darüber informiert hat, dass der Erzeuger jetzt weg wäre, bei mir geschlafen, um evtl. helfen zu können, falls der wieder kommt und ausrastet. Als wir Zuhause ankamen, haben ich dann festgestellt, dass der einiges kaputt gemacht und auf z. B. Zigarettenasche auf den Teppich gemacht hat.

Am nächsten Tag ist der hier dann mit seinen Eltern und seinem Bruder hier aufgelaufen. Ich dachte mir, ich habe ja noch den

Trumpf mit den Weiberklamotten und den Windeln im Ärmel, wenn was sein sollte…

Ich habe zu denen gesagt, dass ich nicht mehr möchte, dass der hier wohnen bleibt und dass er aus dem Kaufvertrag und Grundbuch raus soll! Natürlich haben die mir Vorwürfe gemacht und dann dachte ich mir, ich hau mal meinen Trumpf raus. Aber was war: Die scheinen von dieser Neigung gewusst zu haben! Die Reaktion war total komisch. Der eine drehte sich gleich zum Fenster um, der andere guckte verlegen zum Boden und die Mutter hat gar nichts gesagt. Also nichts mit Trumpf. Aber meine Entscheidung stand. Der soll sich darum kümmern, dass er aus den Verträgen und dem Grundbuch raus kommt – natürlich auf seine Kosten – und dann hier verschwinden.

Irgendwann hat das dann auch geklappt und der ist ausgezogen. Vorher sollte ich dann noch eine Liste mit den Dingen schreiben, die er nicht mitnehmen soll.

Am Tag des Auszugs von dem war ich mit dem Kind im Krankenhaus. Die hat die Polypen raus bekommen. Das war dem tollen Erzeuger aber egal, der hat, während das Kind operiert wurde, schön die Wohnung KOMPLETT ausgeräumt! Ich fragte mich dann, wozu ich diese Liste schreiben sollte…

Nach seinem Kind hat der nicht einmal gefragt, die Eltern von dem auch nicht.

Der Erzeuger hatte nach seinem Auszug hier einen Job in einer großen Druckerei gefunden. Er hatte zeitgleich mit einer Freundin von mir da angefangen. Die waren mehr oder weniger auf „Abruf" und der hat doch glatt abgesagt, wenn er das Kind haben sollte. Ich kann mir auch gut vorstellen, dass der auch oft einfach gesagt hat, dass er nicht arbeiten kann, weil er das Kind hat, damit er nicht arbeiten muss...

Ich hatte ihm dann gesagt, dass er das Kind doch zu seinen Eltern bringen könne, während er arbeitet bzw. das Wochenende ja auch verschoben werden könne. Hauptsache ist, dass er die Arbeit behält. Der war allerdings einer der wenigen, die einen Arbeitsvertrag bei der Druckerei bekommen hat. Meine Freundin hatte mir auch erzählt, dass sie ihn bei einer Untersuchung beim Betriebsarzt getroffen hat, wo er doch glatt mit einer Alkoholfahne aufgetaucht ist und auf dem Fragebogen, den die ausfüllen mussten (das konnte meine Freundin sehen) angekreuzt hat, dass er **keinen** Alkohol trinkt. Sie musste sich ein Lachen verkneifen. Der ist bzw. war sowas von verlogen, das glaubt man nicht...

Als der dann in seiner Wohnung war, wurde es so geregelt, dass das Kind alle 2 Wochen am Wochenende bei ihm ist. Zuerst klappte das auch. Das Kind war mittlerweile in der Schule – hat aber immer noch eingenässt...! Wie gesagt, zuerst hat das alles noch geklappt, bis das Kind zusehends „verstört" von dem kam und ich angefangen habe, mir Gedanken zu machen. Einmal kam sie von dem nach Hause und wollte ihr gespartes Geld mit zu ihrem Erzeuger nehmen, das habe ich dann aber unterbunden. Ein anderes Mal kam sie von dem nach Hause und konnte plötzlich nicht mehr rechnen, das hat bestimmt 3 Tage gedauert, bis sie wieder einigermaßen normal war. Außerdem hat sie sich regelmäßig, wenn sie bei ihrem Erzeuger und/oder seinen Eltern war, in ihrem Zimmer verkrochen.

Ich wusste nicht, was ich machen sollte, habe das Gespräch mit den Eltern des Erzeugers gesucht, aber das hat alles nichts geholfen.

Dann kamen die ersten krassen Lügengeschichten raus – worüber man noch gelächelt hat. Ich wurde beim Einkaufen von einer Mutter, die auch in der Betreuung der Schule tätig war angesprochen. Ich kannte die Frau nicht, aber sie mich. Sie sprach mich an und fragte, ob sie mich mal was fragen dürfe. Ich sagte natürlich ja und dann erzählte sie mir, was das Kind in der Betreuung erzählt hat: Sie hat der Frau in der Betreuung erzählt, dass sie 8 Geschwister hätte. Die Frau von der Betreuung sagte dann zu mir, als ich das – natürlich – verneint habe, dass sie sich das auch nicht vorstellen könne. Ich habe das Kind dann darauf angesprochen und sie gefragt, warum sie so was erzählt. Sie sagte dann, dass das ihr Wunsch wäre, so viele Geschwister zu haben. Ich habe das dann so stehen lassen, hab ihr aber gesagt, dass sie aufhören soll, Lügen zu erzählen. Aber sie hat dann immer weiter gemacht. Ein anders Mal hat sie bei der Betreuung gesagt, dass ihre Mutter auf dem Parkplatz wäre und sie los müsse, obwohl ich sie immer in der Betreuung abgeholt habe. Ich kam dann in der Betreuung an und das Kind war weg... Wo sie war, weiß ich bis heute nicht, kann mir aber vorstellen – nachdem was ich in den Jahren erlebt habe -, dass ihr Erzeuger oder die Eltern sie abgeholt haben. Beweisen kann ich das aber leider nicht.

Als ich zu der Zeit, als das Kind noch im Kindergarten war, versucht habe Zuschüsse zu bekommen, sei es Wohngeld oder Ermäßigung des Kindergartenbeitrages, wurde alles abgelehnt. Ich hatte ja, laut Aussage der Sachbearbeiterin, Arbeit und könne dann doch meine Stundenzahl erhöhen. Dass ich Alleinerziehend und gehbehindert war, war egal. Also musste ich sehen, wie ich mit dem Kind über die Runden kam. Nach allen Abzügen, Abtrag, Nebenkosten und anderen Fixkosten blieben mir mit dem Kind im Monat nur 250,00 € zum Leben. Davon musste ich aber auch noch Tanken und Klamotten kaufen. Die Mieteinnahmen waren auch schon mit eingerechnet.

Mir blieb nichts anderes übrig, als ein Angebot meines Arbeitgebers anzunehmen, Vollzeit zu arbeiten. Ich konnte mit Hilfe der damaligen Freundin meines Bruders und meiner Tante, denen ich immer noch sehr dankbar bin, in Ruhe arbeiten gehen.

Im Herbst 2003 war das Kind für 10 Tage bei der damaligen Freundin meines Bruders. Das Ganze kam so: Die jetzt Exfreundin meines Bruders hat 5 Kinder und meinte immer zu mir, was ich eigentlich hätte, das Kind wäre doch gar nicht so schlimm, wie ich immer sage. Sie müsse es ja wissen, denn sie hat schließlich 5 Kinder und Erfahrungen damit...
Ich hatte daraufhin zu ihr gesagt, dass ich mit meinem jetzigen Mann für 10 Tage nach Sylt möchte und sie dann ja das Kind nehmen könne und sich eines Besseren belehren lassen.
Gesagt getan. Ich habe über eine Kollegin für 10 Tage ein Zimmer gebucht - natürlich

in den Ferien, damit die damalige Freundin meines Bruders nicht noch ein weiteres Kind zur Schule schicken muss.

Wir sind also los gefahren - mit der Bahn über den Hindenburgdamm nach Sylt - und haben es uns gemütlich gemacht.

Nach 7 Tagen kam dann ein Anruf von der damaligen Freundin meines Bruders, die dann ganz verzweifelt sagte bzw. fragte, wann wir denn endlich nach Hause kämen, sie ist am Ende mit diesem Kind, und dass ich recht hätte... Nach der "langen" Zeit hat sie gemerkt, dass ich nicht übertrieben habe, und dass das Kind wirklich so ist, wie ich immer gesagt habe. Schön, dass man von einer so erfahrenen Mutter die Bestätigung bekommt! Das Kind hat da z. B. angefangen, die Wände mit Filzstiften zu bemalen und - wie immer - nicht zugegeben, dass sie es war. Sie hat dann, was ja ziemlich einfach war, versucht den anderen Kindern die

Schuld in die Schuhe zu schieben, was sie natürlich nicht geschafft hat. Zum Glück war das mit den bemalten Wänden nicht so schlimm, da bei der Anzahl der Kinder eh keine Wand sauber bleibt.

An Silvester 2002 oder 2003 war das Kind bei ihrem Erzeuger. Ich hatte über den Tag hinweg mehrfach versucht, da anzurufen und niemanden erreicht. Gegen 19:00 Uhr habe ich mir dann Sorgen gemacht und wir sind dann ins Auto und da hin gefahren. Die waren nicht zu Hause, aber ein Kumpel vom Erzeuger war vor dem Haus und sagte uns, dass die zum Rummelpottlaufen in der Nebenstraße wären. Wir sind dann die Straße hoch gefahren und haben die auch gefunden. Dem Kind ging es zum Glück gut.

Der Erzeuger kam noch zu uns ans Auto und wollte Geld gewechselt haben. Wir haben dann das Geld gewechselt und uns vergewissert, dass das Kind nicht mehr zu lange draußen bleibt und sind dann mehr oder weniger beruhigt wieder los gefahren.

Am nächsten Tag, als der Erzeuger das Kind zu der Wohnung meines Mannes gebracht hat, hat mein Mann den dann erzählt, dass wir am Silvesterabend in der Seitenstraße gewesen sind. Der wusste davon nichts mehr! Mein Mann sagte dann noch, dass wir ihm noch Geld gewechselt hätten. Der konnte sich an nichts mehr erinnern!

2004 hat dann mein jetziger Mann mir die untere Wohnung abgekauft, weil die Mieterin, die da ein Jahr lang gewohnt hat, ausgezogen ist und ich in finanzielle Schwierigkeiten gekommen bin. Der Erzeuger hat es ja nach wie vor nicht für nötig gehalten, Unterhalt zu bezahlen und Zuschüsse habe ich nicht bekommen.

Ich dachte dann, dass jetzt alles ausgestanden ist, aber so war das leider nicht. Das Kind hatte regelmäßig Kontakt zu ihrem Erzeuger und seinen Eltern und sie kam immer häufiger völlig verstört und verdreckt von denen nach Hause.

Dann wurde ich schwanger und sie hat sich total gefreut, dass sie ein Geschwisterchen bekommt. Wir hatten Hoffnung, dass sie sich dann ändern wird. Der Kontakt zu dem Erzeuger und seinen Eltern war immer noch regelmäßig, aber uns kam das alles irgendwie nicht koscher vor und wir hatten die Eltern des Erzeugers zum Gespräch gebeten. Die kamen dann auch und wir haben denen dann gesagt, was uns aufgefallen ist. Unter anderem hat sich der Erzeuger nicht mehr bei uns gemeldet. Wenn das Kind da war, haben seine Eltern sie immer geholt und uns gesagt, dass der Erzeuger nicht da wäre. Wir fanden das in Ordnung, weil er sich ja auch selber hätte melden und kümmern können. Das haben wir den Eltern dann auch gesagt. Wenn die das Kind haben, sollen die auch was mit dem Kind unternehmen. Er ist ja alt genug, um sich selber um das Kind zu kümmern. Die haben uns dann in allem Recht gegeben und sind nach einiger Zeit wieder gefahren.

Es war dann auch so wie abgemacht (die holen das Kind und unternehmen was mit ihr, ohne den Erzeuger), das war aber nicht so! z. B. kam das Kind an einem Sonntagabend von einem Besuch bei den Eltern des Erzeugers zurück und ich fragte, was sie gemacht haben. Sie erzählte dann, dass sie auf einer

Veranstaltung waren. Als ich fragte, ob ihr Erzeuger auch mit war, sagte sie, dass er nicht mit war. In der darauffolgenden Woche, an dem Tag, wo Schwimmen war, habe ich immer zusammen mit anderen Müttern, die ich aus der Schule kannte (u. a. auch die Mutter aus der Betreuung…), Kaffee getrunken und da erzählte mir dann die eine ehemalige Schulfreundin, die den Erzeuger auch kannte, dass sie die alle gemeinsam (Oma, Opa, Vater und Kind) auf der Veranstaltung gesehen hat, wo sie (angeblich) nur mit Oma und Opa war. Ich habe dann gesagt, dass das nicht angehen kann, die Eltern des Erzeugers wollten mit ihr alleine dahin gehen. Ich habe das Kind dann später noch mal gefragt, ob ihr Erzeuger auch mit war und sie sagte wieder nein. Ich sagte ihr dann, dass das nicht stimmt, weil sie alle 4 zusammen gesehen wurden und ich habe sie gefragt, warum sie mich angelogen hat. Sie hat dann zu mir gesagt, weil Oma und Opa gesagt haben, dass sie nicht erzählen darf, dass der Erzeuger auch mit war. Ich habe dann da angerufen und die gefragt, was das soll, das Kind zum Lügen anzustiften. Der Opa hat mir dann gesagt, dass die sie nicht zum Lügen angestiftet haben, sie hätte mich angelogen, sie hat ja eine blühende Fantasie und würde ja eh nur lügen (krass, oder?!). Ich habe dem dann gesagt, dass die unter diesen Voraussetzungen, dass das Kind zum Lügen angestiftet wird, das Kind nicht mehr bekommen würden, ich wollte das Kind ja beschützen. Dann hat der Opa mir erst mal das Jugendamt auf den Hals gehetzt. Das war mir aber egal, ich hab auf das Schreiben gar nicht reagiert. Danach habe ich von denen nichts mehr gehört.

Heiligabend 2004 war der Erzeuger mit seiner Mutter kurz hier, um dem Kind ein Geschenk zu bringen. Wir saßen dann in der Stube und während der Unterhaltung kam dann ein Klopfer nach dem anderen...
Als erstes sagte die Mutter des Erzeugers, dass wir einen schönen Weihnachtsbaum hätten. Das ging ja noch. Dann fragte die uns, ob wir uns beim Schmücken denn auch gestritten hätten. Sie und ihr Mann würden sich beim Schmücken immer streiten und jetzt haben die keinen Weihnachtsbaum mehr.
Dann haben wir uns noch über so Kleinigkeiten unterhalten und u. a. erzählt, dass das Kind die Zähne nicht richtig putzt und wir da immer aufpassen müssen, dass sie das überhaupt macht. Der Erzeuger sagte, dass sie das von ihm hat, er putzt seine Zähne auch nicht und Weihnachten ist scheiße...!
Und das im Beisein des Kindes in einem

Atemzug!!! Wir sind bald vom Sofa gerutscht. Wir konnten das, was wir gehört haben, gar nicht glauben! So was aus dem Mund eines angeblich treusorgenden Vaters im Beisein des Kindes!

Kurz nach Weihnachten hatte das Kind Geburtstag. Der Erzeuger und seine Mutter sind auch vorbei gekommen. Die waren dann zusammen mit dem Kind im Kinderzimmer. Das Zimmer hatten wir gerade neu eingerichtet, weil sie das Zimmer gewechselt hat. Das Zimmer war größer als das, was sie vorher hatte und durch den Umzug in das größere Zimmer sollte sie nicht gestört werden, wenn das Baby, das unterwegs war, nachts oder auch am Tage schreit. Außerdem sollte sie durch den Umzug nicht eingeschränkt sein. Wenn sie zu nahe an dem Babyzimmer gewesen wäre, hätte sie ja, auch, wenn sie

Besuch hatte, leise sein müssen. Das wollten wir mit dem Umzug vermeiden.

Der Erzeuger und seine Mutter waren also zusammen mit dem Kind unten im Zimmer. Als dann eine Freundin kam, habe ich sie runter gebracht und dann habe ich nur mitbekommen, wie die Mutter zu dem Erzeuger sagte „das hättest du auch alles noch haben können...". Meine Freundin und ich mussten natürlich grinsen. Der hat sich das ja alles selber versaut. Ich hab natürlich so getan, als hätte ich nichts mitbekommen. Muss natürlich ein komisches Gefühl sein, wenn man vorher selber in den Räumen gelebt hat und die dann nach einer gründlichen Renovierung wieder sieht. Der hat bestimmt vor Wut gekocht.

Im Sommer 2005 war das Kind übers Wochenende bei ihrem Erzeuger oder seinen Eltern. Das wusste ich nicht immer so genau. Wenn sie bei dem Erzeuger sein sollte, hat sich im Nachhinein meistens rausgestellt, dass sie bei seinen Eltern war und umgekehrt. Wir sind dann mit dem Baby ins Stadion gefahren, weil da ein Fußballtournier war, wo u. a. mein Bruder mitgespielt hat. Als wir da ankamen, kamen uns einige Leute entgegen, die ich nicht weiter beachtet habe. Plötzlich steht ein Kind vor mir, dass „hallo Mama" gesagt hat. Ich habe erst mal ganz verdutzt aus der Wäsche geguckt, denn das war meine Tochter, die vor mir gestanden hat. Ich habe das Kind nicht erkannt! Die war total dreckig im Gesicht. Verklebt von geschmolzenem Eis. Und sie hatte total versiffte Klamotten an. Das T-Shirt was die an hatte, hatte auch schon bessere Zeiten gehabt und war wohl mal weiß, wovon an dem

Tag aber nichts zu sehen war. Dann waren die Haare total zottelig. Ich habe das Kind echt nicht erkannt. Irgendwann kam dann der Opa um die Ecke und ich hab den gefragt, wie das Kind denn aussieht... Natürlich kam nur eine dumme Antwort so nach dem Motto, als sie zum Stadion gegangen sind, war alles noch sauber usw. Ich habe dem kein Wort geglaubt, so kann man selbst nach einem ganzen Tag auf dem Spielplatz nicht aussehen. Ich habe mich echt gefragt, wie man ein Kind, das so siffig aussieht, mit zu einer öffentlichen Veranstaltung nehmen kann. Die merken doch echt nichts mehr...

Einen Tag vor Heiligabend 2005 rief der Erzeuger hier an und hat mit meinem Mann gesprochen.
Er wollte wissen, wann er kommen und dem Kind ein Geschenk bringen kann. Mein

Mann hat dann gesagt, dass wir den ganzen Tag zu Hause wären und die kommen können. Die sollen aber, wenn die kommen klopfen und nicht klingeln, falls das Baby schläft. Das Baby hatte einen sehr leichten Schlaf und wachte immer sehr schnell auf. Wir waren gerade beim Mittagessen – das Baby hat geschlafen – und dann klingelte es plötzlich sturm an der Tür.

Mein Mann ist mit wehenden Haaren zur Tür gelaufen und wer stand davor? Natürlich, der Erzeuger und seine Mutter.

Mein Mann hat denen ziemlich laut und forsch die Meinung gesagt und die sind dann, ohne in der Wohnung gewesen zu sein, wieder gegangen.

Mein Mann hat dann etwas später bei der Oma angerufen und sich für sein Verhalten entschuldigt und ihr auch gesagt, warum er so ausgerastet ist.

Sie hat dann gesagt, dass sie nicht gewusst hat, was mein Mann und ihr Sohn abgesprochen haben und sich entschuldigt.

Der Erzeuger muss wohl, als der hier angerufen hat, mal wieder so voll gewesen sein, dass er nicht mehr wusste, was er mit meinem Mann abgesprochen hat.

Es gab irgendwann mal wieder einen Vorfall in der Schule (Betreuung). Sie hat den Frauen von der Betreuung erzählt, dass ihre Mutter da sei, um sie abzuholen. Die haben ihr das geglaubt und sie gehen lassen. Als ich dann später da hin kam, um sie abzuholen, sagten die mir, dass das Kind schon länger weg sei, weil ich doch da war, um sie abzuholen. Ich bin dann total besorgt und sauer nach Hause gefahren und habe sie gesucht. Wie und wo ich sie gefunden habe, kann ich gar nicht mehr sagen. Ich glaube die Töchter von der Exfreundin meines Bruders haben sie gefunden und nach Hause geschickt. Wo sie die ganze Zeit über war, kann ich nicht sagen. Sie hat es mir auch nie erzählt.

Der Erzeuger (zu der Zeit war sie noch alle 2 Wochen bei dem) kam dann, um sie abzuholen. Ich habe ihm dann von dem Vorfall erzählt und auch gesagt, dass sie einen „Anschiss" bekommen hat. Und was hat der Penner dazu nur zu sagen gehabt??? „Du arme, hat die Mama mal wieder mit dir geschimpft? Ich fahre mit dir am Wochenende in den Freizeitpark!" Ich hätte den umbringen können! Als das Kind dann am Sonntag wieder kam – wie immer total stinkig usw. habe ich sie gefragt, wie es im Freizeitpark war und sie hatte dann gesagt, dass sie nicht da waren...

So war das immer. Erst hat der Erzeuger Versprechungen gemacht und dann hat er nichts gehalten... Immer nur leere Versprechungen!

Einmal hatte das Kind mir Geld geklaut. Ich hatte dann den Erzeuger angerufen, der dann auch ziemlich schnell (mit dem Fahrrad) hier war. Der war da schon arbeitslos und hat vom Amt gelebt. Als der ankam saß das Kind in der Badewanne. Der hatte es nicht mal nötig, das Kind zu begrüßen!!! Ich war in der Küche, weil ich aufpassen musste, dass ich dem nicht eine scheuer. Mein Mann war mit ihm im Flur. Wir haben dem dann von den Problemen erzählt und das einzige, was der gesagt hat ist, dass er das Sorgerecht beantragen wird und sie dann auch sofort mitnehmen will. Da habe ich zu dem gesagt, dass das nicht so einfach ist. Das Kind hat ja auch noch Termine wahrzunehmen. Dann sagte er noch, dass er ja auch erst mal zum Amt muss, die müssen ihm dann ja eine größere Wohnung geben und er würde dann ja auch mehr Geld bekommen. Da bin ich total ausgerastet und habe den Typen raus geschmissen! Ich hab zu ihm gesagt, dass er gefälligst arbeiten gehen soll und das Kind nicht dazu zu benutzen hat, eine größere Wohnung bzw. mehr Geld vom Amt zu bekommen. Er hat dann gesagt, dass er am nächsten Tag zum Gericht gehen wird, um das Sorgerecht zu beantragen, was er aber bis heute nicht getan hat. Der ist einfach unfähig!

Im Jahr 2004 oder 2005 bin ich mit dem Kind, weil es immer noch eingenässt hat, und nachdem ich ständig beim Kinderarzt und meinem Hausarzt war, zu einem Urologen gegangen. Ich weiß gar nicht, auf wessen Anraten ich da einen Termin geholt habe, aber es war goldrichtig. Ich dachte ja immer, dass Urologen nur für Männer sind, aber das stimmt gar nicht. Also, wir hatten dann einen Termin bei dem Urologen und der hat das Kind dann gründlich untersucht und festgestellt, dass die Blase zwar groß genug ist, aber das Volumen nicht halten kann, deshalb hat sie immer eingenässt. Das könne man aber mit Medikamenten behandeln.

Also ging die lange Therapie los. Das Kind musste jedes Mal, wenn sie auf die Toilette musste, in einen Messbecher pinkeln und dann aufschreiben, wann sie auf dem Klo war und wie viel sie gepinkelt hat. Das lief relativ gut. Sie musste dann morgens und abends immer möglichst zur gleichen Zeit je eine Tablette nehmen und wir mussten regelmäßig zur Kontrolle. Da hat der Arzt sich dann die Dokumentation angesehen und einen Ultraschall von der Blase gemacht. Wenn der Erzeuger sich an Anweisungen gehalten hätte, wäre das Kind viel eher mit der Therapie fertig. Aber ich hätte wissen

müssen, dass der das nicht macht! Warum auch, geht ja nur um die Gesundheit seines Kindes, aber das war dem doch egal. Hauptsache er kann mir schaden. Dass er mit seinem dummen Verhalten nur seinem Kind schadet und geschadet hat, das merkt der nicht. Also, nach diesen 2 Wochen bei ihrem Erzeuger musste die Therapie von vorne beginnen und das Kind musste dann auch stärkere Tabletten nehmen, weil die, die eigentlich für Kinder waren, nicht mehr anschlugen.
Diese Behandlung ging dann über 2 oder sogar 3 Jahre und ich war froh, als das dann endlich vorbei war.

Eine der ehemaligen Schulkameradinnen, mit denen ich beim Schwimmen immer Kaffee getrunken hatte, hat mir erzählt, dass der Erzeuger mit seinem Abschlussjahrgang, in

dem meine ehemalige Schulkameradin auch war, ein Klassentreffen hat. Sie hat mir erzählt, dass der Erzeuger auch zum Klassentreffen kommt und sie die Ohren auf halten will. Vor dem Klassentreffen hatte sie mir dann immer wieder erzählt, dass der Erzeuger permanent bei dem Organisator des Klassentreffens angerufen hat um ihm zu sagen, dass er zum Klassentreffen kommen will. Der Organisator war schon von den vielen Anrufen genervt. Meine ehemalige Schulkameradin hat mir versprochen, dass sie mich am Tag nach dem Klassentreffen anruft und mir dann erzählt, was da abging. Das hat sie dann auch gemacht und mir dann Sachen erzählt, die man gar nicht glauben kann, wenn man diesen Menschen nicht kennen würde!
Als erstes kam der wohl da rein – natürlich schon besoffen – und hat als erstes die Lehrerin angemacht. Was genau der gesagt hat,

weiß ich nicht mehr, aber das war nicht freundlich.

Dann hat der da wohl gesessen (ziemlich in der Nähe meiner Bekannten) und noch mehr vom Stapel gelassen...

Unter anderem hat er erzählt, dass er verheiratet war und seine Frau ihn in den Keller gesperrt hätte... Meine Bekannte hat nur mit dem Kopf geschüttelt und noch nichts dazu gesagt.

Dann hat er auch erzählt, dass er mit dieser Frau ein Kind hätte, das er retten müsse, weil die Frau eine Rabenmutter wäre...

Er hat auch noch andere Dinge erzählt, die nicht der Wahrheit entsprachen.

Meine Bekannte hat dann zu ihm gesagt, dass es besser wäre, wenn er sich jetzt außerhalb ihrer Sichtweite hinsetzen würde, ansonsten würde gleich was passieren. Das hat der dann wohl auch gemacht. Eine der ehemaligen Mitschülerinnen hat dem seine

Lügen sogar geglaubt (die hatten wohl auch noch Kontakt). Die hat dann gesagt, dass die Frau ein Monster sei usw.. Meine Bekannte hat dann nur mit dem Kopf geschüttelt, weil sie mich ja kannte. Sie sagte mir, dass der sich total lächerlich gemacht hat und nicht gemerkt hat, dass alle über ihn lachen.

In den Osterferien 2006 haben wir das Kind, nachdem sie immer wieder gemeint hat, bei Papa wäre alles viel besser usw., zu ihrem Erzeuger geschickt. Sie sollte die ganzen 2 Wochen bei dem verbringen. Sie sollte zwar nach einer Woche kurz her kommen, um ihre Medikamente abzuholen, die sie nehmen musste, ansonsten sollte sie aber bei ihrem Erzeuger bleiben.
Das eine Ding war dann, dass der hier angerufen hat und zu mir gesagt hat, sich soll dem Kind sagen, dass sie sich kämmt, weil

die zu Oma und Opa zum Essen wollten. Ich habe dann zu dem gesagt, dass sie bei ihm ist und er dann auch selber mit ihr klar kommen soll. Ich werde dem Kind mit Sicherheit nicht am Telefon sagen, was sie machen soll!

Dann war die erste Ferienwoche um und die beiden sind dann her gekommen, um die Medikamente für die nächste Woche abzuholen. Ich wäre fast umgefallen, als ich das Kind sah. Total dreckig aus und hatte voll dicken Zahnbelag auf den Zähnen. Die Klamotten, die das Kind an hatte, sahen auch total komisch aus. Ich hab dazu aber nichts gesagt, weil sie ja bei ihrem Erzeuger war und nicht hier.

Wir haben denen dann die Medikamente gegeben und die sind dann wieder gefahren.

Ob die jetzt die Medikamente geholt haben oder nicht, das war egal, denn er hat nicht dafür gesorgt, dass sie diese regelmäßig einnimmt. Also war die Therapie, die bisher gelaufen ist, für die Katz... Das sind die Tabletten, die sie, wie vorhin schon erwähnt, wegen der "Blasenschwäche" einnehmen musste, das waren also wichtige Medikamente.

Er war aber der Meinung, sie wäre nicht krank, sie würde nur einnässen, weil ich ihn rausgeworfen habe... Sehr toll.

Als die Ferien zu Ende waren, kam das Kind dann wieder nach Hause und hat so getan, als wäre alles toll. Das war es aber wohl nicht.

Es gab da wohl einen Kumpel vom Erzeuger, der auch schon vor diesen Osterferien ständig da war und uns schon ein Dorn im Auge war.

Das Kind hat dann, nachdem sie wieder hier war, so getan, als wäre alles super toll gewesen. Der Kumpel vom Erzeuger hatte ihr

Klamotten und Spielsachen gekauft, hätte Essen gekocht usw. usw.. Wir fanden das alles etwas merkwürdig. Das Kind war auch ziemlich komisch, als es wieder nach Hause kam. Hat aber, wie schon erwähnt, nicht viel erzählt.

Es war immer wieder von diesem Kumpel die Rede und wir dachten schon, dass das eine Liebschaft des Erzeugers wäre. Wir konnten das Kind aber nicht so direkt fragen und haben dann versucht, ihr durch die Blume Fragen zu stellen. Aber viel hat sie nicht erzählt.

3 Monate, nachdem sie die Osterferien beim Erzeuger verbracht hat, hat sie sich dann endlich mal ausgekotzt. Sie hat dann erzählt, dass das alles gar nicht so toll war, wie sie uns immer erzählt hat. Der Erzeuger war ziemlich oft betrunken und ist dann z. B. bei brennenden Kerzen eingeschlafen. So richtige Mahlzeiten gab es auch nicht, außer das

Toast zum Frühstück. Zum Mittag sind die dann meistens zu seinen Eltern gegangen.

Sie hat dann noch gesagt, dass sie ihren Erzeuger zwar sehen möchte, aber da nie wieder schlafen möchte. Das haben wir akzeptiert.

Dann war da auch noch der Vermieter, von dem das Kind immer erzählt hatte. Also dieser Kumpel und der Vermieter haben wohl da eine ziemlich große Rolle gespielt. Jedes Mal, wenn sie da war, hat sie immer erzählt, dass der Kumpel bzw. der Vermieter dies gemacht und das gekauft haben usw.. Wir fanden das ziemlich merkwürdig, zumal das Kind auch immer so komisch war, wenn sie wieder nach Hause kam.

In meinen Fantasien habe ich mir dann ausgemalt, dass sie evtl. missbraucht wird. Leider hat sie auf unsere Fragen keine wirklichen Antworten gegeben. Eine Kollegin und ich wollten dann über die Arbeit raus finden, ob evtl. einer der beiden Vorstrafen hat, aber leider kannte das Kind nur die Vornamen der beiden und keinen Nachnamen. Somit konnten wir auch nicht nachgucken, was uns sehr geärgert hat, weil meine Kollegin auch sagte, dass da irgendwas nicht stimmt.

In der Zeit, als der Vermieter und dieser Kumpel immer Thema waren, kam sie auch ständig mit irgendwelchen Spielsachen und Kleingeld an. Wir haben sie dann gefragt, woher sie das alles hat und sie hat uns dann erzählt, dass die Spielsachen von dem Kumpel wären. Der Kumpel würde im Hafen arbeiten und die Sachen würden dann immer mal liegen bzw. über bleiben und er würde die dann für sie mitbringen. Das Kleingeld wäre von ihrem Erzeuger. Der hat in oder vor seinem Klo eine Spardose stehen, wo jeder, der auf die Toilette geht, Geld reinwerfen soll und der Inhalt wäre dann für sein Kind. Wir haben dazu weiter nichts gesagt.

Es hätte auch nichts gebracht, den Erzeuger zu fragen, ob das alles stimmt, weil der, sein Kumpel und der Vermieter ihr ja mit Sicherheit eingeredet haben, dass sie uns das so erzählen soll.

Irgendwann, das war aber, glaube ich, vor diesen Osterferien kam das Kind auch wieder vom Erzeuger nach Hause und ging zielstrebig auf ihre Spardose zu. Auf meine Frage, was sie mit der Spardose wolle, hat sie mir dann gesagt, dass sie die Spardose das nächste Mal mit zu ihrem Erzeuger nimmt, weil sie ihm das Geld geben will. Ich habe sie dann gefragt, warum sie ihm das Geld geben will und sie hat dann gesagt, dass er kein Geld habe, um seine Rechnungen, wie Strom und Gas zu bezahlen und sie das mit den Inhalt ihrer Spardose geben will. Ich habe dann gesagt, dass die Spardose hier bleibt und sie ihm kein Geld gibt. Schließlich muss sie nicht dafür sorgen, dass der Erzeuger seine Rechnungen bezahlen kann.

Ende 2004/Anfang 2005 war ich mit dem Kind bei einer Psychologin in Behandlung. An die Therapeutin sind wir durch einen Kollegen meines Mannes gekommen. Hier auf dem Dorf gibt es ja leider wenig bis keine Therapeuten. Wir sind dann ca. 1 bis 1,5 Jahre regelmäßig da hingefahren. Die Therapie habe ich dann leider wieder beendet, weil es keinen Sinn gemacht hat. Es hat sich nichts geändert. Wie denn auch, wenn immer von der anderen Seite dazwischen gefunkt wird. Das haben wir aber alles nicht gewusst.
Die Therapeutin sagte auch nicht viel. Sie sagte nur, dass das Kind ziemlich schlau sei,

aber ansonsten hat sie sich nie in rigendeiner Weise geäußert. Irgendwie sind solche Therapien doch sinnlos. Man fährt da Woche für Woche hin und letztendlich ändert sich überhaupt nichts. Also mussten wir uns mal wieder was anderes einfallen lassen…

Ich war mit dem Kind wegen der Lügerei ständig mit meinem Hausarzt in Kontakt. Als dann auch noch das mit der Blase diagnostiziert wurde, hat mein Hausarzt gesagt, sie müsse doch mal in die KJP (Kinder- und Jugendpsychiatrie), weil da doch irgendwas nicht stimmen kann und die sich das Kind mal ansehen müssen. Also habe ich bei der KJP einen Termin geholt und wir sind dann da hingefahren und haben unser Problem geschildert.

Die haben dann zu uns gesagt, dass das Kind eine Therapie bräuchte, sie das Kind nicht stationär aufnehmen werden, weil ihr soziales Umfeld stimme. Auf Nachfrage erklärten die uns dann, was die damit meinten. Damit war gemeint, dass sie ja ein ordentliches Zuahuse hätte, es keine Suchtprobleme gäbe und auch keine Suizidgefahr bestünde. Sie würden das Kind höchstens in der Tagesklinik aufnehmen, aber dann müsse ich mindestens eine Tour fahren. Also eine Tour würde das Kind mit dem Taxi gefahren, z. B. die Hintour, und ich müsse sie dann wieder abholen oder umgekehrt. Ich sagte dann, dass ich das zeitlich, gesundheitlich und finanziell nicht schaffe. Ich habe den Kleinen ja, der war gerade mal ein Jahr alt, ich habe jeden Tag 6 Stunden gearbeitet, weil das Geld sehr knapp war (auch, weil der Unterhalt fehlte) und dann hatte ich ja auch noch die Krankheit, die mir zu dem Zeitpunkt sehr zu schaffen machte, weil die Hüftschmerzen immer schlimmer wurden. Ich habe die echt gefragt, wie die sich das vorstellen, wie und wann ich das denn noch machen soll… Die haben natürlich nichts gesagt und wahrscheinlich eine Akte mit dem Namen angelegt und ein rotes Kreuz drauf gemacht (… MUTTER WILL NICHT FAHREN).

Ich habe dann eine Kur für das Kind beantragt, die zuerst von der Krankenkasse abgelehnt wurde. Dann habe ich bei der Rentenversicherung einen Kurantrag gestellt und der wurde dann bewilligt. Also konnte das Kind Ende 2006 eine Reha antreten. Ich habe sie mit der Bahn in die Nähe von Berlin gebracht. Das war ganz schön Hart, das Kind da einfach "abzugeben" und dann wieder mit der nächsten Bahn abzufahren. Aber was sollte ich machen, ich wollte dem Kind ja helfen. Wir haben dann regelmäßig telefoniert und wir haben dann auch ab und zu ein Päckchen hin geschickt.

Irgendwann im Laufe dieser Kur rief mich dann eine Ärztin an, eine Psychologin. Die sagte im Laufe des Gesprächs zu mir, dass das Kind ja "nicht ohne ist", und dass "Pippi Langstrumpf ja harmlos gegen sie wäre". Ich habe dann zu der Ärztin gesagt, dass mir das

bewusst ist, und dass ich das Kind ja nicht ohne Grund in eine Fachklinik geschickt habe.
Irgendwie habe ich aber das Gefühl, dass diese ganze Kur nichts gebracht hat.
Wir haben sie dann nach 6 Wochen zusammen mit der Patentante unseres Sohnes mit dem Auto abgeholt und ich war froh, dass sie wieder nach Hause kam. Wir hatten gehofft, dass sie sich geändert hat, aber leider mussten wir feststellen, dass die Kur, was das Lügen angeht, nichts gebracht hat.

Weihnachten 2007 habe ich bei einer Freundin angerufen, die Geburtstag hatte. Wir telefonieren eigentlich auch nur 2mal im Jahr, und zwar an unseren Geburtstagen.

Ich rief diese Freundin also an und sie fragte mich dann ganz besorgt, wie es mir denn geht.

Ich war etwas verwirrt und sagte, dass es mir, bis auf die Schmerzen, die zu dem Zeitpunkt ziemlich schlimm waren, weil auch die Hüftschmerzen zugenommen haben, gut geht und fragte sie, warum sie so komisch fragt.

Sie erzählte mir dann, dass sie das Kind getroffen hätte und diese ihr erzählt hat, dass ich schon seit 1,5 Jahren krankgeschrieben bin…

Ich habe gedacht, dass das ja wohl nicht wahr sein kann, wie kann die so einen Mist erzählen!

Ich sagte meiner Freundin dann, dass ich nicht so lange krankgeschrieben bin und nach wie vor arbeite, und dass die mal wieder gelogen hat. Meine Freundin kannte das Kind auch, ihre Tochter und das Kind waren zusammen auf der Grundschule und waren auch eine Zeitlang befreundet, bis die Tochter meiner Freundin, wie so manch anderes Kind sich von ihr abgewandt hat, weil sie immer gelogen hat.

Als das Kind 2007 zur Realschule wechselte dachten wir, dass sie sich ändern wird, aber dem war leider nicht so.
Als das Kind im 6. oder 7. Schuljahr war, kam wieder was zu Tage, was man gar nicht glauben mag.

Alles kam so:
Mein Mann und ich kamen gerade von einem meiner vielen Arztbesuche, als das Telefon klingelte. Ich bin dann ran gegangen und die Lehrerin war dran. Ich dachte, dass irgendwas passiert sei, weil ja noch Unterricht war, aber dann kam es…

Die Lehrerin fragte mich, ob ich einen Kalender, den die Kinder als Englischaufgabe erstellen sollten, weggepackt hätte. Ich verneinte das und sagte ihr, dass ich nichts von einem Kalender, den die Kinder machen sollten, wisse. Die Lehrerin sagte mir, dass das Kind den wohl schon vor längerer Zeit abgeben sollte und jetzt zur Lehrerin gesagt hat, ihre Mutter hätte den Kalender auf einen Schrank gepackt, wo sie nicht ran käme und deshalb habe sie ihn nicht mit. Ich war ganz schön aufgebracht und sagte der Lehrerin, dass das nicht stimmt.

Dann wurde die Lehrerin ziemlich kleinlaut und sagte, dass dann das andere auch nicht stimmen wird. Auf Nachfrage erzählte sie mir dann, was noch vorgefallen ist…

Das Kind war an 2 aufeinanderfolgenden Tagen nicht in der Schule. Am zweiten Tag hat die Lehrerin, die im gleichen Stadtteil wohnt wie wir das Kind dann zufällig auf dem Fahrrad gesehen, mit Schulsachen auf dem Fahrrad! Die Lehrerin ist dann angehalten und hat sich das Kind geschnappt und gefragt, warum sie nicht in der Schule war. Was das Kind zum ersten Fehltag gesagt hat, weiß ich nicht mehr. Zum zweiten Fehltag hat sie zur Lehrerin gesagt, dass sie mit dem Rad gestürzt wäre und deshalb zu ihrer Oma und ihrem Opa gefahren sei. Dass die in einem ganz anderen Stadtteil wohnten, kann die Lehrerin ja nicht wissen, sonst hätte sie ja vielleicht sofort angerufen.

Die Lehrerin sagte dann zum Kind, dass sie eine Entschuldigung mitbringen müsse, was das Kind dann auch tat. Und damit war das für die Lehrerin erledigt, bis zu dem Vorfall mit dem Kalender, sagte sie.

Ich habe dann zur Lehrerin gesagt, dass ich nichts von einem Fahrradsturz wisse, und dass ich auch keine Entschuldigung geschrieben hätte.

Wir sind dann zur Schule gefahren, weil die Lehrerin uns die Entschuldigung zeigen wollte. Als wir da ankamen, kam die Lehrerin mit der Entschuldigung und als ich die sah, habe ich gleich gesehen, dass die nicht von mir geschrieben und unterschrieben wurde. Das habe ich der Lehrerin auch gesagt. So ein Schmierkram, was da vorgelegt wurde, hätte ich im Leben nicht abgeben lassen. Ich sagte dann auch zu der Lehrerin, dass sie bei so einer Entschuldigung doch hätte stutzig werden müssen. Die sagte mir dann aber, dass solche Entschuldigungen "normal" wären, dass diese Entschuldigung sogar noch gut aussähe. Dann zeigte sie mir andere Entschuldigungen, die sie noch im Klassenbuch hatte und sie hatte recht. Ich sagte ihr dann, dass sie von mir nie und nimmer so eine Entschuldigung bekommen würde, und dass ich die Entschuldigungen auch immer per Fax übersende und dann auch schon am ersten Tag, ohne, dass man darauf hingewiesen werden muss.

Dann fiel bei der Lehrerin auch endlich der Groschen und sie sagte zu uns, dass sie so was in ihren 30 Berufsjahren noch nicht erlebt hat, zumindest nicht bei Kindern in dem Alter.

Als das Kind dann Schulschluss hatte, haben wir sie natürlich darauf angesprochen und dann sagte sie zu uns (ob das jetzt stimmt oder nicht, wissen wir nicht), dass sie wohl Kontakt zu den Eltern ihres Erzeugers hätte und auch zwischendurch immer mal da war bzw. sich mit denen getroffen hat. Und Opa hätte dann zu ihr gesagt, dass sie ja nicht unbedingt in die Schule müsse, sie könne ja stattdessen auch zu ihnen kommen und das hat das Kind dann auch gemacht!

Wie kann man als Großelten und auch Vater so etwas zu einem Kind sagen und das dann auch noch unterstützen?
Die streiten natürlich alles ab und behaupten, dass das alles nicht so ist.
Wer weiß, wie viele Unterschriften das Kind noch gefälscht hat. Alles ist ja leider nicht raus gekommen, aber wir sind fest der Meinung, dass da noch viel mehr war als das, was wir wissen.

Im Januar 2008 war ein Brief von einem Rechtsanwalt im Briefkasten, der an das Kind adressiert war. Ich habe, entgegen meiner sonstigen Art, diesen Brief geöffnet und bin fast auf den Hosenboden gefallen…

In dem Schreiben wurde das Kind aufgefordert, 138,00 € zu bezahlen! Ich habe dann da bei dem Anwaltsbüro angerufen und gefragt, weshalb das Kind so ein Schreiben bekommt. Mir wurde dann gesagt, dass das Kind sich auf einer Internetseite angemeldet hat, die kostenpflichtig ist und sie nicht auf Emails reagiert hat und der Betreiber der Internetseite deshalb den Anwalt eingeschaltet hat.

Ich habe denen dann gesagt, dass das Kind erst 11 ist und noch gar nicht geschäftsfähig ist. Die Person am Telefon sagte mir dann, ich solle eine Kopie des Ausweises hin mailen, damit die meine Aussage überprüfen können und wenn das Kind tatsächlich erst 11 ist, werden die natürlich diese Rechnung als ungültig ansehen.

Ich habe dann den Ausweis eingescannt und da hin geschickt und zum Glück wurde das dann alles eingestellt.

Natürlich habe ich dann auch die Emails des Kindes überprüft und den Account auch mit meinem Emailprogramm verbunden, damit in Zukunft sämtliche Mails bei mir auflaufen, um wieder so einen Ärger zu vermeiden.
Was ich dann gesehen habe, hat mir fast die Sprache verschlagen.
In den vielen Emails war unter anderem eine Email von einem Dating Portal, wo sie sich wohl angemeldet hat. Ich habe dann gesehen, dass sie sich älter gemacht hat, als sie ist, sie hat angegeben, dass sie 18 und auf der Suche nach einem Mann sei… Ich habe natürlich umgehend zu diesem Portal geschrieben und denen mitgeteilt, dass die das

Profil bitte umgehend löschen, weil die Person, die da angemeldet ist, keine 18 sondern erst 11 ist.

Ich fiel echt aus allen Wolken und habe natürlich auch mit dem Kind darüber gesprochen und sie über die Gefahren des Internets aufgeklärt – was aber, wie später noch zu lesen ist, nichts gebracht hat.

Im gleichen Jahr war das Kind auf Klassenfahrt. Als ich am Tag der Rückkehr auf das Kind gewartet habe, sprach mich die Mutter von ihrer Freundin an und hat mich vor sämtlichen Eltern ohne Grund zur Sau gemacht!

Ich weiß nicht, was das Kind da erzählt hat, aber nachdem, was die Mutter mir da alles an den Kopf geworfen hat, hat die da ganz schöne Lügengeschichten erzählt, um sich als Opfer darzustellen.

Die Mutter sagte mir, dass das Kind ja nicht zum Erzeuger dürfe und darunter ja soooo leidet, sie würde ja so gerne zu ihrem Erzeuger, aber wir würden das ja verbieten. Die Frau war so von allem überzeugt und hat mich überhaupt nicht zu Wort kommen lassen (ich sehe auch nicht ein, mich vor sämtlichen Eltern zu rechtfertigen).

Ich habe das dann abends meinem Mann erzählt.

Ein paar Wochen später war die Freundin hier und die Mutter kam, um die Freundin abzuholen. Dann hat mein Mann sich die Mutter mal zur Brust genommen und sie gefragt, was ihr u. a. einfällt, mich vor sämtlichen Eltern so anzumachen und dann auch noch, obwohl das alles, was sie mir vorgeworfen hat, gelogen war. Sie hätte ja schließlich auch unter 4 Augen mit mir reden können und mir bzw. uns erzählen, was das Kind da alles für „Geschichten" erzählt. Dann hätte ich bzw. wir uns ja dazu äußern und auch alles klarstellen können. Aber dazu war diese Mutter anscheinend nicht in der Lage. Die hatte wahrscheinlich irgendeine Krise oder so und wollte ihren Frust ablassen und da war ich bestimmt ein willkommenes Opfer.

Diese Mutter hat sich zwar bei mir entschuldigt und ich habe die Entschuldigung angenommen aber dennoch einen Bogen und diese Frau gemacht. Man weiß ja nie, was solchen Leuten wieder für eine Laus über die Leber gelaufen ist.

Ich hatte aufgrund der vielen Vorfälle und der ganzen Lügen auf Anraten eines "Kollegen" das Jugendamt eingeschaltet. Dieser "Kollege" sagte mir, wenn ich das mit der Lügerei nicht öffentlich mache, kann das Kind mit den ganzen Lügen meinem neuen Partner so schaden, dass er schneller im Knast ist, als er gucken kann. Diesen Rat habe ich dann gefolgt und bin zum Jugendamt gegangen und habe denen von den Problemen erzählt und ich habe denen auch gesagt, dass ich Angst habe, dass das Kind richtig straffällig wird, wenn sie keine Hilfe bekommt.

Im Jahr 2008 begann dann eine Familienhilfe, die vom Jugendamt finanziert und auch „überwacht" wurde. Zuerst lief alles ziemlich gut. Das Kind wurde von einer

Frau betreut, die mit ihr über ihre „Probleme" gesprochen hat und mit ihr z. B. auch mal ein Eis essen gegangen ist.

Dann kam diese Frau irgendwann und meinte, dass das Kind sagte, sie dürfe ihren Erzeuger und seine Eltern nicht sehen. Wir sagten dann, dass das nicht stimmt und haben der dann alles erzählt und uns mal wieder den Mund fusselig geredet.

Unterm Strich war das dann so, dass diese Frau und das Kind dann wohl ohne unser Wissen beim Erzeuge und/oder seinen Eltern gewesen ist.

Zu Weihnachten 2008 hat das Kind mir dann eine Silberkette geschenkt, die sie zusammen mit dieser Frau eingekauft hat. Ich habe natürlich als erstes gefragt, woher das Kind das Geld hätte. Diese Frau hat dann gesagt, dass sie nicht gefragt hätte, woher das Kind so viel Geld hat. Das Kind war nicht mal 12 und da fragt man nicht, woher so viel Geld kommt??? Komische Familienhilfe!

Im Januar 2009 wussten wir dann, woher das Geld für die Kette kam: Das hatte sie aus meinem Portemonnaie geklaut. Dort hatte ich mehrere Fächer mit Reißverschlüssen, wo ich in 2 Fächern je 50 € gepackt hatte. Das war als Notgroschen gedacht, falls man mal in Not kommt. Als ich dann was von dem Geld kaufen wollte und das raus holen wollte, war es natürlich weg! Beide Scheine. Mir war sofort klar, wo mein Geld war. Nach langem Nachfragen hat das Kind dann zugegeben, dass sie das Geld genommen hat! Wie dreist!
Als ich das der Frau von der Familienhilfe erzählt habe, hat die dazu gar nichts gesagt, was ich schon krass fand. Ich dachte eigentlich, dass die da sind, um den Elten zu helfen und um den Kindern zu sagen, dass das,

was sie gemacht haben, falsch ist. Aber da war ich wohl falsch informiert bzw. habe ich den Begriff „Familienhilfe" falsch gedeutet. Anscheinend haben die das Kind noch unterstützt.

Wir haben uns dieses „Theater" mit der sogenannten Familienhilfe noch eine Zeit lang angeguckt, bis zu dem Tag, wo ich der Tante erzählt hatte, dass ich im Ranzen vom Kind mal wieder Sachen gefunden habe, die da nicht rein gehörten. Ich muss dazu sagen, ich hatte immer so ein komisches „Bauchgefühl". Und wenn ich dieses Bauchgefühl hatte, habe ich nachgesehen und auch immer was gefunden.

Diese Tante von der Familienhilfe meinte dann kackfrech zu mir, dass ich damit, dass ich den Ranzen „durchsuche" oder mich im Zimmer umgucke, die Privatsphäre des Kindes verletzen würde…

Das war's dann für mich. Diese Tante habe ich dann sofort vor die Tür gesetzt!

Etwas später, als das Kind mal die Polizei gerufen hatte und die kamen, habe ich das den Beamten erzählt und die sagten dann beide zu mir, dass die von der Familienhilfe „spinnt", weil das meine Pflicht als Erziehungsberechtigte sei, vor allem, wenn ich immer so ein Bauchgefühl habe. Das hat der eine Beamte dem Kind auch so gesagt. Zu der Polizei komme ich später noch.

Im Sommer 2009, als das Kind vom Zeltlager kam, waren wir bei einer Freundin, weil das Kind noch Dänische Kronen in Münzen hatte (sie war vorher mit einer Freundin und deren Vater in Dänemark zum Campen). Da meine Freundin Verwandte in Dänemark hatte und da auch öfter hinfährt, habe ich gesagt, dass die dann ja die Münzen mitnehmen kann, sonst würden die eh nur rumfliegen.

Unser Sohn wollte dann noch unbedingt durch Wacken fahren. Da war gerade das Open Air und er war neugierig. Da das gleich um die Ecke war, haben wir gesagt, wir fahren da mal durch und essen dann da in einem der Nachbardörfer zu Mittag.

Am nächsten Tag rief mich meine Freundin an und fragte ganz vorsichtig, ob es sein kann, dass das Kind einen MP3-Player hat. Ich sagte dann, dass sie einen hat und warum sie fragt. Sie sagte dann, dass der MP3-Player ihrer Tochter weg sei und wir die einzigen waren, die da waren und das Kind war als einzige bei der Tochter im Zimmer. Ich habe dann noch mal gesagt, dass das Kind einen eigenen, gerade neu gekauften MP3-Player hat und ich mir nicht vorstellen kann, dass sie den hat. Ich habe meiner Freundin dann aber versprochen, mal zu gucken.

Das habe ich dann auch gemacht und siehe da: Der MP3-Player ist aufgetaucht, und zwar im Zimmer des Kindes.

Ich habe dann sofort meine Freundin angerufen und ihr gesagt, dass der Player hier ist und ich das Kind mit dem Fahrrad zu ihr schicken werde, damit ihre Tochter den MP3-Player wieder bekommt und ich habe mich auch noch entschuldigt. Meine Freundin, die von den ganzen Vorfällen hier wusste, sagte, dass ich da ja nichts für kann und sie war auch nicht sauer auf mich.

Das Kind ist dann mit dem Fahrrad zu meiner Freundin gefahren (das sind ca. 20 km) und hat den MP3-Player wieder hin gebracht.

Immer wenn wir nach dem Vorfall bei meiner Freundin waren, hat meine Freundin, bevor wir gegangen sind, die Taschen vom Kind untersucht.

Ich weiß auch bis heute nicht, wie bzw. wo das Kind den MP3-Player versteckt hatte. Da es sehr heiß war, hatte sie nur ein Top und eine Hotpants an. Die muss das Teil ja in die Unterhose gesteckt haben, anders kann ich mir das nicht vorstellen.

Ich hatte auch zum Kind gesagt, dass ich nicht verstehen kann, warum sie den MP3-Player geklaut hat, wo sie doch gerade einen neuen und besseren bekommen hat. Da war mir mal wieder klar, dass das alles krankhaft sein muss, anders konnte ich mir das nicht vorstellen.

Aber wo sollte ich mir jetzt noch Hilfe suchen? Mir bzw. uns hat ja niemand geholfen, geschweige denn ernst genommen.

Als das Kind im Sommer 2009 vom Zeltlager kam, habe ich in ihrem Gepäck (Schmutzwäsche) ein Handy und Klamotten gefunden. Klamotten waren ja öfter mal, das hat man dann gewaschen und in die Geschäftsstelle vom Sportverein gebracht. Aber das Handy fand ich komisch – zumal das Kind ein neues Handy hatte. Als ich sie fragte, woher das Handy ist, sagte sie, dass sie nicht wisse, wie das dahin kommt. Das muss wohl in den Klamotten gewesen sein, die in der Hütte rumgelegen haben. Ich habe das dann erstmal so hingenommen und gesagt, dass wir das dann mit den Klamotten zusammen in die Geschäftsstelle bringen. Das wird dann ja wohl von einem Kind vermisst.

In der Woche, nachdem das Zeltlager zu Ende war, waren wir auf einem Polterabend, wo auch meine Nichte und mein Schwager waren. Mein Schwager fragte mich dann (zum Glück nicht vor allen Leuten), ob es sein kann, dass das Kind ein Nokia-Handy hat.
Mir wurde natürlich ganz schlecht und ich fragte ihm, wie das Handy, das die vermissen, denn aussieht. Und wie ich schon geahnt hatte, war es das Handy, das ich bei dem Kind gefunden hatte. Ich habe ihm dann gesagt, dass sie das Handy hat und ich es das nächste Mal zur Probe mitbringe. Und wieder mal war ich froh, dass ich immer offen und ehrlich war, so haben meine Schwester, mein Schwager und meine Nichte mir keine Vorwürfe gemacht!

So langsam habe ich das Kind auch nicht mehr nach dem Warum gefragt. Sie hat ja entweder gelogen oder nur mit den Schultern gezuckt.

Im Herbst 2009 sind wir dann mit dem Musikzug nach Mühlhausen gefahren. Zunächst war alles ganz entspannt und ruhig. Wir haben Ausflüge gemacht und es schien echt alles gut zu laufen. Dann hatte der Musikzug einen Auftritt in der Fußgängerzone in Mühlhausen und das Kind hatte plötzlich Bauchschmerzen und wurde von der Betreuerin zurück ins Hotel begleitet. Wir haben ihr die Bauchschmerzen nicht ganz geglaubt, weil sie nicht so aussah, als würde es ihr schlecht gehen. Als wir dann nach dem Auftritt wieder im Hotel waren, ging es ihr komischerweise wieder gut. Wir haben uns dann aber auch nicht weiter Gedanken gemacht.

Auf der Rückfahrt, als die zweite Pause gemacht wurde, wurde ich gebeten, im Bus zu bleiben. Ich ahnte schon böses…

Ich wurde dann gefragt, ob wir dem Kind genügend Taschengeld gegeben hätten. Ich habe gesagt, dass sie vor jeder Tour mindestens 10 Euro bekommen hat, die sie ja eigentlich nicht gebraucht hat, weil ja Essen, Trinken und Eintritt oder ähnliches bezahlt wurde.

Dann wurde mir gesagt, dass bei einer Zimmergenossin vom Kind Geld weggekommen wäre und die vermuten, dass das Kind das gewesen sei. Ich sagte dann, dass das angehen kann, die wissen ja, was das für ein Kind ist.

Dann wurde das Kind in den Bus gerufen und ihr wurde nahe gelegt, dass Geld bei der nächsten Pause auf den Sitz der Leiterin zu legen. Das geschah dann bei der nächsten Pause auch.

Die Leiterin versprach uns dann etwas später, dass sie versuchen wird, uns zu helfen, sie kenne durch ihre Arbeit mit Kindern und Jugendlichen sehr viele Psychologen und Therapeuten. Ich habe mich echt gefreut und mich für dafür bedankt, dass sie uns helfen möchte.

Leider ist bis heute nichts weiter passiert, außer leere Worte. Da sind wir echt sehr enttäuscht drüber. Allen anderen wird und wurde geholfen, nur uns mal wieder nicht, das ist sehr frustrierend.

Zum Glück ist beim Musikzug so ein Vorfall aber nicht wieder vorgekommen.

An einem Tag im Frühjahr 2010 habe ich gedacht, ich könnte mal wieder Staub wischen. Mein Sohn war bei seinem Kindergartenfreund und das Kind musste zum Konfirmandenunterricht.
Also hab ich losgelegt.
Ich hatte immer so meinen bestimmten Weg, den ich mit meinem Eimerchen und Lappen gelaufen bin. So auch an diesem Tag.
Als ich dann an dem Fenster angekommen war, wo die Spardosen der Kinder auf der Fensterbank stehen, habe ich da angefangen zu wischen.
Zuerst habe ich die Blumen, die da stehen, hoch genommen und dann kam als nächstes die Spardose von dem Kind. Als ich die angehoben habe, blieb der untere Teil der Spardose auf der Fensterbank stehen. Sie war geöffnet…

Naja, habe ich gedacht, ist ja ihr Geld, obwohl ich das nicht gut fand, weil sie eigentlich Bescheid sagen sollte, wenn sie dabei geht.

Ich habe den „Deckel" dann wieder auf das untere Teil aufgesetzt und weiter gemacht.

Dann kam die Spardose meines Sohnes und auch die habe ich angehoben. Da passierte das gleiche wie bei der Spardose des Kindes. Nur, dass hier noch Kleingeld drin war, das sich natürlich über den ganzen Boden verteilt hat.

Sie hat sich „nur" die großen Münzen und die Scheine raus geholt.

Ich war natürlich total sauer und hab sie zu mir gerufen und ihr gezeigt, was ich entdeckt habe. Sie hatte dann nichts anderes zu tun als abzuhauen.

Ich wusste, dass sie ihr Handy mit hatte und hab sie angerufen. Sie ist – dumm wie sie ist

– auch ran gegangen und hat mir erzählt, wo sie sich versteckt. Bei der Nachbarin.

Ich bin dann wutentbrannt zur Nachbarin und habe geklingelt. Die haben dann die Tür auf gemacht und ich habe gesagt, dass das Kind nach Hause kommen soll. Die Nachbarin und ihr Freund haben dann gesagt, dass sie erstmal da bleiben soll, bis ich gesagt habe, dass sie die Spardosen aufgebrochen hat, auch die von ihrem Bruder. Dann hat der Freund von unserer Nachbarin sie raus geschmissen.

Ich hab – trotz meiner tierischen Wut – nichts weiter zu dem Kind gesagt und sie ist in ihr Zimmer gegangen. Ich habe mich mit Staubwischen abreagiert.

Als ich bei der Haustür vorbei gelaufen bin, sah ich durch die Glasscheiben, dass 2 Gestalten vor der Tür standen. Ich habe die Tür dann aufgemacht und war total erstaunt.

Vor der Tür standen 2 Polizisten.

Ich fragte die Herren dann, ob die Nachbarin sie angerufen hätte.

Der ältere der beiden sagte dann, dass die Nachbarin nicht angerufen hätte, sondern meine Tochter!

Dann sagte er, die hat bei der Leitstelle angerufen und dort gesagt, dass ihr Stiefvater gleich von der Arbeit kommt und sie verprügeln wird…

Ich hab die erstmal mit offenem Mund angestarrt und sie dann erstmal in die Wohnung gebeten.

Als wir im Wohnzimmer standen, sagte ich dann zu den beiden, dass das, was sie da am Telefon gesagt hat, nicht stimmt. Und dann sagte ich, dass es mich aber nicht wundern würde, wenn das bald passiert und dann habe ich den beiden die beiden aufgebrochenen Spardosen gezeigt und denen dann mal so erzählt, was hier so abgeht und was die alles für Sachen anstellt.

Die beiden waren ganz schön geschockt und der jüngere der beiden Polizisten sagte dann, dass er sich das Kind mal zur Brust nehmen wird. Ich habe ihm dann gezeigt, wo das Zimmer von dem Kind ist und habe mich dann weiter mit dem älteren Polizisten unterhalten. Der war total verständnisvoll und sagte mir dann auch, dass die natürlich Meldung beim Jugendamt machen müssen, aber sie würden auf jeden Fall in den Bericht schreiben, dass das Kind gelogen hat und zu keiner Zeit zu erwarten war, dass das Kind verprügelt wird.

Zwischendurch kam der junge Polizist noch zu uns, um mir dann ein paar Fragen zu stellen bzw. sich Dinge, die das Kind erzählt hat, bestätigen zu lassen bzw. sich bestätigen zu lassen, was er schon im Gefühl hatte, und zwar, dass das Kind ihn belogen hat.

Zur Sprache kam im Gespräch zwischen dem jungen Polizisten wohl auch das Ding

mit der Privatsphäre, was die von der Familienhilfe dem Kind eingeredet hat. Da ist der Polizist ziemlich wütend geworden, wie er mir später erzählt hat, und hat und hat das Kind erstmal ausgezählt und ihr klipp und klar gesagt, dass es als Mutter meine Pflicht sei, ihre Sachen bzw. auch das Handy und die Emails zu kontrollieren und dass sie – vor allem wenn ich als Mutter den Verdacht habe, dass sie wieder was angestellt hat – kein Recht auf irgendeine Privatsphäre hat. Zwischendurch kam dann mein Mann noch von der Arbeit, der ja von alledem noch gar nichts gewusst hat. Er hat aber den Peterwagen bei uns auf dem Hof gesehen und kam fröhlich in die Wohnung und hat dann von der Tür aus ganz laut gerufen „na, haben sie dich endlich beim Klauen erwischt?".
Mein Mann hat sich dann auch noch mal mit den beiden Polizisten unterhalten und denen

dann auch noch mal erzählt, was hier so abgeht.

Bevor die Polizisten dann gefahren sind, haben sie noch mal gesagt, dass sie nicht den Eindruck hätten, als würde es den Kindern hier schlecht gehen und das würden sie auch in den Bericht schreiben.

Kurz darauf kam dann Post vom Jugendamt und wir sollten zum Gespräch kommen. Ich habe das Kind da alleine hin geschickt, denn geändert hat sich am Verhalten des Kindes nach wie vor nichts!

Nach diesem Vorfall habe ich wieder angefangen zu Rauchen. Ich konnte das alles nicht fassen, zu was ein Kind in der Lage ist… Baut nur Mist und will sich dann in der Öffentlichkeit als Opfer darstellen. Zum Glück haben die Polizisten uns geglaubt. Das hätte echt anders ausgehen können…

Der ältere der Polizisten hat uns auch versprochen, aktenkundig zu machen, zu was das Kind in der Lage ist, damit die Kollegen schon mal gewarnt sind, falls noch mal ein Anruf von der kommt und damit die Kollegen der nicht aus Versehen glauben und wir in Schwierigkeiten kommen.
Das fand ich echt total nett von denen.

Vor den Sommerferien 2011 bekam ich mal wieder einen Anruf von der Lehrerin.
Diese sagte mir, dass die Leistungen des Kindes ziemlich schlecht sind, und dass ich, wenn das Kind den Realschulabschluss schaffen soll, dafür sorgen muss, dass das Kind in den Sommerferien jeden Tag für die Schule lernt. Da ich bzw. wir schon länger mit dem Gedanken gespielt haben, das Kind von der Schule zu nehmen, weil sie so faul

war und ihre Energie und Schlauheit lieber in die „Straftaten" investiert hat, habe ich Nägel mit Köpfen gemacht und bin hier im Stadtteil zur Gemeinschaftsschule gegangen und habe sie da angemeldet. Das Kind musste die 8. Klasse aber nicht wiederholen, weil die Noten doch nicht so schlecht waren, wie die Lehrerin von der Realschule gesagt hatte. Das Kind wollte die Schule natürlich nicht wechseln, weil sie dann ja weiter weg war vom Erzeuger und seinen Eltern. Aber mir war das egal.

Also musste sie nach den Ferien zur Gemeinschaftsschule gehen.

Den Abschluss hat sie dann mit 2,3 bestanden, was ja ziemlich gut war.

Nach dem Abschluss hatte sie dann die Möglichkeit, bei einem Zahnarzt in einem Dorf ein Einstiegsqualifizierungsjahr als Zahnmedizinische Fachangestellte zu machen. Eine Lehrstelle hat sie aufgrund ihres

Alters nicht bekommen. Sie wollte aber nicht weiter zur Schule gehen, deshalb habe ich gemeinsam mit dem Arbeitsamt diesen Weg gefunden und der Zahnarzt hat sie auch gerne genommen, weil sie „Talent" hatte, diesen Beruf auszuüben.
Wir haben uns alle gefreut, dass sie die Chance bekommen hat und nach der Schule nicht auf der Straße steht.

Zum Schulabschluss habe ich dem Kind dann – was sich im Nachhinein als Fehler rausgestellt hat – ein iPhone und einen Handyvertrag geschenkt.

Wenn ich geahnt hätte, was durch dieses iPhone alles passiert, hätte ich das nie und nimmer gemacht. Aber dazu später.

Vor den Sommerferien 2012, hatte sie dann auch einen Freund. Der war mit ihr zusammen in der Grundschule, kam aus der Nachbarschaft und wir kannten die Eltern.

Sie war dann ziemlich häufig da, was auch nicht schlimm war, solange das Zimmer in Ordnung war. Die Mutter hatte gerade – mal wieder – ein Kind bekommen und sie hat da dann wohl geholfen. Komisch, dass sie da geholfen hat und hier nie... Aber egal.

Was wir aber nicht erlaubt haben war, dass sie bei dem Jungen schläft oder der Junge hier. Dafür sind die einfach zu jung und dann war da ja immer noch das Thema mit der Ordnung und Sauberkeit. Und wir haben auch gesagt, dass man darüber reden kann, wenn die länger zusammen sind, aber nicht gleich nach einer Woche.

Nach den Sommerferien war dann die Einschulung von einem Bruder des Freundes

und sie ist da eingeladen gewesen. Ich hatte sie dann aber irgendwann angerufen und ihr gesagt, dass sie nach Hause kommen soll, weil das Zimmer mal wieder aussieht wie sau. Und außerdem war sie schon den ganzen Tag da. Irgendwann reicht es dann ja auch.
Sie kam dann auch nach Hause und hat mehr schlecht als recht das Zimmer aufgeräumt.

Am nächsten Tag habe ich dann zufällig bei Facebook gelesen, dass sie mit einer „Freundin" von mir da geschrieben hat und hab mir das dann auch durchgelesen und bin fast vom Sofa gefallen!
Da hat diese sogenannte Freundin das Kind gefragt, wieso sie denn so früh weggegangen ist und das Kind hat doch dann kackendreist geschrieben, dass sie nach Hause musste, um für ihren Bruder Abendbrot zu machen.

Sie hat geschrieben, dass ich das nicht mache sondern sie muss das immer machen…
Krass.
Dann schrieb diese sogenannte Freundin, dass sie ihr ja soooo Leid tut und dass sie ja bald 18 ist und dann endlich „da weg kann"!
Voll krass, zumal diese sogenannte Freundin immer alles, was hier vorgefallen war, mitbekommen hat.
Dieser Person habe ich erstmal eine Nachricht geschrieben und ihr dann die Freundschaft gekündigt. Ich gehe auch an dieser Person so vorbei, wenn ich sie sehe. Ich hab echt gedacht, dass das ja wohl nicht wahr sein kann und wie man einer Freundin so in den Rücken fallen und sie hintergehen kann! Auf solche Menschen kann ich echt verzichten!

Noch mal zu dem Abendbrotmachen:

Das Kind hat ihren Bruder meistens so zwischen 16 und 16:30 Uhr gefragt, ob sie Abendbrot essen wollen, obwohl wir eigentlich immer gegessen haben, wenn mein Mann von der Arbeit gekommen ist. Der kleine Mann hat natürlich ja gesagt und daraufhin habe ich dann zu ihr gesagt, wenn sie meint, jetzt schon essen zu müssen, soll sie sich das selber machen. Und da sie ihren Bruder ja den Mund wässerig gemacht hat, sollte sie ihm dann auch was zu Essen machen. Das hat aber nichts damit zu tun, dass ich zu faul bin, meinem Sohn das Abendbrot zu machen, ich stelle mich nur nicht zweimal in die Küche, um Abendbrot zu machen! Und wer außerhalb der Zeiten essen will, soll sich gefälligst selber in die Küche stellen!

Leider kann ich jetzt nicht wirklich in der zeitlichen Reihenfolge schreiben, weil alles, was jetzt passiert ist, auf einmal passiert ist oder zeitlich so nah beieinander war, dass ich jetzt gar nicht genau weiß, was nun zuerst war!

Ich fange jetzt einfach mal an:

Am 15.08.2012 begann dann das EQJ bei dem Zahnarzt und zuerst schien auch alles gut zu werden. Aber der Schein hat getrügt und es wurde alles immer schlimmer, wie wir im Nachhinein raus bekommen haben.

Das Kind sollte bzw. wollte in der Mittagspause immer zu Oma und Opa gehen, weil die auch in dem Dorf wohnen, wo der Zahnarzt ist, damit sie mehr von der Pause hat und nicht so lange mit dem Fahrrad fahren muss. Meine Schwiegermutter hat dann auch immer Essen für das Kind gekocht, damit sie was zu essen hat und nicht nur von Brot oder ähnlichem leben muss.

Im Laufe der Zeit kam es aber immer häufiger vor, dass das Kind nicht zum Essen gekommen ist und auch nicht Bescheid gesagt hat. Sie hat dann auf Nachfrage immer erzählt, dass sie die Mittagspause durcharbeiten musste und deshalb nicht zum Essen gekommen ist. Wir haben das auch geglaubt, fanden das aber alles etwas komisch und wollten schon zu dem Zahnarzt hin gehen und mit ihm sprechen. Aber dann ging das wieder eine Zeitlang gut und wir haben dann vergessen da hin zu gehen.

Einmal hatte ich durch Zufall eine WhatsApp-Nachricht von einer Kollegin aus der Praxis gelesen und war irgendwie verwirrt, weil da drin gestanden hat, dass eine

Kollegin und das Kind die meisten Fehlzeiten hätten und der Chef schon angesäuert wäre. Ich dachte mir dann, dass ich da was falsch verstanden bzw. gelesen hätte und habe das Kind auch nicht gefragt, weil ich ja genau wusste, dass sie mich wieder belügt. Also habe ich das einfach so hingenommen. Das Kind ist ja auch jeden Tag zur Arbeit bzw. zur Schule gefahren. Abends kam dann aber öfter mal eine Nachricht, dass sie länger arbeiten muss, weil da so viele Patienten waren.

Diese Kollegin hatte mir dann zwischendurch mal geschrieben, dass das Kind ziemlich schlecht über mich redet und mich in der Praxis schlecht macht. Ich habe dann nur geantwortet, dass mir bekannt ist, dass sie mich bzw. uns immer schlecht macht und ich habe dieser Kollegin auch geschrieben, dass sie ihr nicht alles glauben sollen, weil sie gerne lügt.

Wir haben auch immer wieder zu dem Kind gesagt, dass sie aufhören soll, bei der Arbeit zu lügen. Dadurch kann sie auch ihre Ausbildung verlieren bzw. riskiert sie in diesem Fall ja eine Übernahme durch den Chef für den Rest der Ausbildungszeit (noch war sie ja im EQJ).

Wir haben dann des Öfteren mitbekommen, dass sie ziemlich viele eingekaufte Sachen bei sich hatte. Wir haben dann immer wieder gefragt, wie sie an die Sachen kommt. Sie hat dann immer gesagt, dass der Chef sie auf die andere Straßenseite zu einen kleinen Dorfladen geschickt hat und sie sich dann auch was gekauft hätte. Komischerweise hatte sie aber unter anderem Sachen in der Tasche, die es bei Aldi zu kaufen gibt. Sie meinte dann, dass die Frau von dem Dorfladen die Sachen bei Aldi einkauft und dann in ihrem Laden weiter verkauft. Glauben konnten und wollten wir das nicht, aber was sollten wir machen. Wir haben das dann einfach so hingenommen und ihr immer wieder gesagt, dass sie ihre Zukunft aufs Spiel setzt, wenn sie so weiter macht.

Sie fing dann auch an, immer mehr Schuhe zu kaufen, die sie aber angeblich von ihrer Kollegin abgekauft hatte. Irgendwas musste sie sich ja ausdenken, weil sie ja im Grunde keine Zeit hatte, Shoppen zu gehen, also wurden immer wieder irgendwelche Kolleginnen oder Schulkameradinnen vorgeschoben, die sich die Sachen angeblich zu klein gekauft hätten und die deshalb billig verkauft haben. Wir haben auch das mal wieder so hingenommen, obwohl ich gewusst habe, dass sie mich anlügt. Aber was hätte ich machen sollen? Alle diese Leute anrufen und fragen? Die hätten mich doch für verrückt erklärt! Außerdem wusste ich auch nicht, ob das Kind den Leuten nicht vorher gesagt hat, dass die mir, falls ich anrufe, sagen sollen, dass die die Sachen verkauft haben. Also habe ich das gelassen. Ich wollte mich ja auch nicht zum Affen machen.

Natürlich hat das Kind ihr Verhalten usw. nicht geändert. Hätte mich auch gewundert, wenn sie das gemacht hätte…

Es sind da so viele kleine Vorfälle passiert, die ich im Einzelnen nicht mehr zusammen bekomme. Fakt ist aber, dass wir mit Sicherheit nicht alles wissen, was da passiert bzw. vorgefallen ist.

Einmal kam sie auch – mal wieder sehr spät – von der Arbeit und ihre Tasche hat im Flur gestanden. Mein Mann hat die Tasche dann hoch genommen und sich gewundert, dass die so schwer ist. Da war dann eine große Dose Diätmittel drin. Wir haben dann gefragt, was sie damit will und woher sie das hat. Sie meinte dann, dass wir ja immer sagen, dass sie fett wäre (wir haben aber immer nur zu ihr gesagt, dass sie immer dicker wird, wenn sie nicht mit dieser heimlichen Näscherei aufhört!) und sich deshalb das Mittel geholt hätte. Der Chef hätte den Mitarbeitern angeblich erlaubt, bei der Apotheke im Dorf auf seinen Namen einzukaufen, dann würden die Mitarbeiterinnen Prozente bekommen. Ob das nun so stimmt, haben wir leider nie raus bekommen. Aber ganz richtig kann das nicht gewesen sein, denn da kam später noch was. Das kommt aber später…

Zwischenzeitlich hatte sie dann wieder einen Freund, den sie angeblich durch einen früheren Schulkameraden von der Realschule kennengelernt hatte. Auch das habe ich ihr geglaubt, weil der Freund aus dem gleichen Ort kommt, wie der ehemalige Klassenkamerad. Der Junge machte auch einen guten Eindruck. War gut gekleidet und gut erzogen. Er hatte auch einen Ausbildungsplatz und wir dachten dann – wie immer – dass sie sich jetzt ja vielleicht endlich ändern wird… Aber das war auch wieder nichts, im Gegenteil!

Nun aber weiter mit dem Zahnarzt: Zwischenzeitlich hatte ich mal ein Gespräch mit dem Zahnarzt, weil das Kind nicht sagen konnte oder wollte, ob er sie übernimmt oder nicht. Der Zahnarzt sagte mir dann, dass er bereit ist, sie zu übernehmen, sie aber in der Schule viel mehr tun müsse und sich auch in anderen Dingen ändern müsse, vor allem, was die Wahrheit anginge. Viel mehr hat er nicht gesagt, aber an seinem Verhalten habe ich gemerkt, dass sie auch bei ihm schlecht über mich geredet haben muss, ansonsten wäre er nicht so zurückhaltend. Aber darüber habe ich mir keine weiteren Gedanken gemacht. Wichtig war für mich, dass sie übernommen wird und ihre Ausbildung, die sie so gerne machen wollte, beenden kann und ich nicht wieder anfangen muss, Bewerbungen zu schreiben (das hat sie nämlich nicht hin bekommen und kann das bis heute nicht!).

Was da genau alles vorgefallen ist, wissen wir bis heute nicht, aber wir haben immer gespürt, dass da nichts in Ordnung ist. Unsere Ahnung war auch richtig…

Der Knall kam dann im Juni 2013. Als wir gerade beim Mittagessen waren, kam eine Nachricht von dem Kind in der stand, dass das eingetroffen ist, was ich schon länger geahnt habe. Ich wusste sofort, was los war und wir sind dann sofort zur Praxis von dem Zahnarzt gefahren. Was uns dann erzählt wurde, hat meine schlimmsten Erwartungen fast übertroffen…

Es wurde uns erzählt, dass das Kind (entgegen ihren Behauptungen) Medikamente auf Kosten des Arztes gekauft hat, und das wohl nicht zu wenige. Was sie damit gemacht hat, weiß ich bis heute nicht.

Dann hat sie da in der Praxis erzählt, sie hätte Leukämie!!! Und das, wo im näheren Umfeld des Arztes und seiner Lebensgefährtin gerade ein junger Mann an Leukämie gestorben ist. Mir ist ganz schlecht geworden und ich wäre am liebsten umgefallen.

Der Arzt hatte dann gesagt, dass er sie unter diesen Umständen nicht einstellen wird, was ich auch verstanden habe. Er hat dann aber gesagt, dass er, wenn sie sich in Therapie begibt und dies nachweisen kann, bereit ist, sie doch noch einzustellen.

Ich habe mich dann auch sofort mit einer Therapeutin in Verbindung gesetzt, mit der ich eh schon in Kontakt getreten bin.

Leider hat der Arzt dann sein Versprechen nicht gehalten, weil wohl, nachdem das Kind da weg war noch andere Dinge zutage gekommen sind.

Ganz ehrlich: Ich kann ihn echt verstehen…!

Somit hatte sie die Chance, ihren Traumberuf zu erlernen, verspielt und war arbeitslos!

Und dementsprechend war die Stimmung dann auch!

Wie ich schon angemerkt hatte, wurde es mit dem iPhone alles nur noch viel schlimmer!
Leider kann ich nicht mehr alles so wiedergeben, ich versuche aber, alles so gut es geht, aufzuschreiben.

Das Kind musste, nachdem sie immer nachts laut telefoniert hatte, das Handy bei uns oben lassen, weil ihr Bruder des Öfteren aufgewacht ist von dem lauten Reden und Lachen usw. und das geht nicht!
Das fand sie natürlich nicht so toll, aber das war mir egal. Nachtruhe muss sein und deshalb war ich auch konsequent.
So ist mir auch aufgefallen, dass sie sich eine Flirtapp runtergeladen hatte, wo sie sich auch angemeldet hatte und ziemlich viele ekelhafte Nachrichten bekommen hat. Ich habe ihr dann gesagt, dass sie sich da löschen soll, weil das gefährlich sein kann.

Man weiß ja nie, wer dahinter steckt. Wir hatten auch über die Gefahren im Internet ausführlich gesprochen und in der Schule hatte die sogar eine ganze Projektwoche über das Internet. Sie war also gut informiert, was die Gefahren im Netz angeht, aber das hat alles nichts gebracht…
Sie hat sich diese App immer wieder runtergeladen und sich auch immer wieder da angemeldet! Also habe ich es aufgegeben, sie davon abzubringen!

Es hat auch nichts genützt, das iPhone wegzunehmen, sie hat immer wieder Wege gefunden, da rein zu kommen.
Wahrscheinlich hat sie das dann immer gemacht, wenn sie heimlich bei ihrem Erzeuger war. Da hat sich ja keiner um die Sicherheit des Kindes gekümmert und sie konnte machen, was sie wollte. Das sind aber nur

Vermutungen, die sich leider nie wirklich bestätigt haben. Dazu aber auch später mehr.

Eines Tages kam mein kleiner Sohn zu mir und erzählte mir, dass seine Schwester Nacktbilder von Männern auf dem iPhone hätte. Ich ließ mir dann das iPhone geben und habe mir das mal angesehen. Ich wäre fast vom Stuhl gefallen, als ich mir die Bilder und Videos angesehen habe... Ich dachte, mich trifft der Schlag! Da hatte die doch tatsächlich von wildfremden Männern Videos und Bilder auf dem Handy, und zwar welche, die total pervers waren.. Einzelheiten möchte ich hier jetzt nicht aufschreiben. Aber wer etwas Vorstellungskraft hat, kann sich schon denken, wovon ich schreibe.
Es waren nicht nur Bilder und Videos von Fremden Männern auf dem iPhone, nein, sie selber hat von sich auch eindeutige Bilder verschickt. Zuerst habe ich nur die Bilder

gesehen und dann mal den Chatverlauf bei WhatsApp angeguckt. Sie hat diese Bilder doch tatsächlich wildfremden Männern (oder was das auch immer für Kreaturen sind) geschickt. Die haben sie gefragt und sie hat gemacht. Obwohl wir da immer wieder ausführlich drüber gesprochen hat und sie immer wieder gesagt hat, dass sie so was nie machen würde. Sieht man ja...
Das iPhone habe ich natürlich nicht zurückgegeben und sie erstmal gefragt, was sie sich dabei gedacht hat.
Sie sagte mir, dass sie diese Typen über diese komische Flirtapp "kennengelernt" hat, und dass das alles ihre Freunde sind, obwohl sie die nicht mal persönlich kennt, geschweige denn deren richtigen Namen kennt! Da kann man echt nur sagen: "Wie dumm kann ein Mensch nur sein!!!"

Einmal hat sie mir erzählt, dass sie mit einer Freundin wegfahren wird und ich habe nichts dazu gesagt, bis ich bei Facebook gesehen habe, dass diese besagte Freundin mit dem PC online ist, also nicht im Zug sitzen kann.

Ich habe dann, als das Kind wieder nach Hause kam, gefragt, wo sie war und mit wem und sie hat mir dann kackfrech ins Gesicht gelogen, dass sie mit dieser Freundin mit dem Zug in Richtung Nordsee gefahren war.

Eine Kollegin von der ersten Ausbildungsstelle hat mir dann ein paar Tage später geschrieben, dass sie nicht mit der Freundin unterwegs war, sondern sich mit einem fremden Typen getroffen hat! Sie hat es anscheinend darauf angelegt, irgendwo im Graben oder so zu liegen! Das habe ich dann auch so zu ihr gesagt. Sie hat sich mit diesen

Treffen in Gefahr gebracht, aber davon wollte sie nichts hören.

Dann habe ich mitbekommen, dass sie sich wieder mit einem anderen fremden Typen treffen wollte. Sie hatte das irgendwo in einem Kalender notiert. Das habe ich natürlich verhindert und sie nicht weggelassen. Ich habe zu ihr gesagt, dass sie sich nicht mit irgendwelchen Typen treffen darf! Von ihr und vom Jugendamt wurde das dann so ausgelegt, dass sie keine Freunde haben durfte und nicht weg durfte! Dass ich sie mit dem Verbot, zu dem Treffen zu gehen, nur schützen wollte, das hat keiner gesehen!

Ich weiß jetzt gar nicht, ob ich bei der ersten Lehrstelle bis zum Ende gekommen bin. Ich glaube aber nicht. Also, nach einem Jahr EQJ sollte sie einen Lehrvertrag von diesem Chef bekommen und die Ausbildung dann bei ihm beenden. Aber dazu kam es leider nicht. Was da alles genau vorgefallen ist, haben wir nie erfahren. Ende Juni 2013 kam gegen Mittag nur eine SMS von ihr in der stand, dass das eingetroffen ist, was ich schon länger vorausgesagt und geahnt habe. Ich wusste natürlich sofort, was los war und mein Mann und ich sind sofort zur Ausbildungsstelle gefahren. Was wir da gehört haben, hat dem Fass den Boden raus gehauen. Sie hat doch z. B. allen Ernstes behauptet, sie hätte Leukämie... Und das, obwohl sie genau wusste, dass im entfernten Verwandtenkreis dort gerade einer an dieser Krankheit gestorben ist. Dann soll sie wohl auch ziemlich viel gelogen haben und im Nachhinein haben wir uns auch noch „zusammenreimen" können, dass sie sich da wohl schon ständig krank gemeldet hat.

Wir sind darauf gekommen, weil sie in der Mittagspause ja eigentlich immer zu meinen Schwiegereltern gehen wollte, damit sie mehr von ihrer Pause hat. Die wohnen nicht weit weg von der Ausbildungsstelle. Es kam aber immer häufiger vor, dass das Kind dann angerufen hat und gesagt hat, sie müsse angeblich die Mittagspause durcharbeiten oder ähnliches. Wahrscheinlich hat sie sich da schon heimlich mit irgendwelchen Typen getroffen, die sie dann in der Wohnung ihres Erzeugers (von der wir einen Schlüssel gefunden haben), empfangen hat. Keine Ahnung, was man sonst den ganzen Tag macht. Bei der glauben wir mittlerweile an alles... Zugeben wird die ja nie was, das ist uns auch klar, deswegen fragen wir auch gar nicht bzw. haben auch nicht mehr nachgefragt, weil wir einfach keine Lust mehr hatten, ständig angelogen zu werden. Zuerst hatte der Chef dann noch gesagt, dass er bereit wäre, sie wieder einzustellen, wenn sie sich ändert (z. B. eine Therapie anfängt). Ich habe mich dann auch sofort auf die Suche nach einer Therapeutin für sie gemacht. Das hätte ich mir auch sparen können. Anscheinend haben die nach ihrem Weggang da noch andere Sachen aufgedeckt, sodass die nicht mal mehr Willens waren, meine Schwiegermutter rein zu lassen, um die persönlichen Sachen aus dem Spint zu holen. Die haben meine Schwiegermutter so böse beschimpft, die wusste gar nicht mehr, was sie sagen sollte. Das find ich schon krass, dass andere Menschen für das Verhalten dieser Person so verantwortlich gemacht werden!

Zwischendurch hatten wir noch einen riesigen Unwetterschaden, das war eine Woche, bevor sie bei der Ausbildungsstelle entlassen wurde. Wir haben fast die ganze Nacht versucht, die Wohnung zu trocknen, da war aber nichts mehr zu machen. Die Wohnung war leider kaputt und ich habe dann in der

Nacht noch die Sparbücher raus geholt um zu gucken, wie viel Geld wir zur Verfügung haben, falls die Versicherung den Schaden nicht reguliert. Die Sparbücher habe ich dann aber nicht wieder weggelegt, weil ich noch mit anderen Sachen beschäftigt war. Das war ein Fehler.

Da sie ja kein Smartphone mehr hatte, sondern nur ein einfaches Handy und auch keine Arbeit und somit auch kein Geld, um sich ein neues Smartphone zu kaufen, hat sie sich dann einfach das Sparbuch meines Mannes genommen und da dann einfach Geld abgehoben! An seinem Geburtstag, an dem die ganze Wohnung kaputt gegangen ist, hat sie sich dann noch an seinem Geld bedient. Ich hatte das zufällig beim Onlinebanking gesehen, dass da vom Sparbuch Geld fehlt. Mein Mann hatte nichts abgehoben, also war uns sofort klar, wer das gewesen sein könnte. Mein Mann ist dann sofort zur Bank gefahren und da kam dann raus, dass sie das Geld abgehoben hat. Da das Sparbuch, wie so schön gesagt wurde, kein Dokument ist, kann jeder bis zu einem Gewissen Betrag ohne Vollmacht Geld abholen, außer, das Sparbuch ist mit einem Kennwort geschützt. Das war es natürlich nicht, weil wir davon nichts wussten. Und an dem Tag, wo sie das Geld abgehoben hat, war wohl eine neue Kollegin da, die auch nicht nachgefragt hat. Somit hatte sie mal wieder ein leichtes Spiel...

Und was hat sie sich natürlich von diesem Geld gekauft? Richtig, ein Smartphone! Das habe ich ihr natürlich sofort weggenommen! Das Gleiche war mit meiner Kleingeldflasche. Ich habe da immer das Kleingeld rein geworfen und hatte mich gewundert, dass die Flasche irgendwann statt voller immer leerer wird! Uns war dann auch sofort klar, wer sich an dem Kleingeld bedient hatte.

Auf Nachfrage hat sie es Wunder oh Wunder zugegeben, konnte oder wollte aber natürlich nicht sagen, wie hoch der Betrag war, den sie da rausgenommen hatte.

Mein Mann hat dann einen Deckel mit Schlitz für die Flasche gebaut, sodass sie da nicht mehr drangehen konnte.

Als ich eine Firma, die die Wohnung getrocknet hatte, bezahlen wollte und Geld aus meiner Notgroschenkassette nehmen wollte, sagte ich noch – mehr aus Spaß: „Mal gucken, ob die überhaupt noch Geld in der Kassette gelassen hat.". Da war mir auch noch nichts aufgefallen. Erst, als ich das Geld da wieder in die Kasse legen wollte, habe ich gemerkt, dass 110 Euro fehlten. Und wer hatte sich bedient? Natürlich...

Dann fiel es mir wie Schuppen von den Augen: Sie hatte da schon wieder eine neue Lehrstelle (dazu komme ich später!) und wenn sie frei hatte, habe ich, wenn ich zur

Arbeit musste, die Türen von Wohnzimmer, Schlafzimmer und Büro abgeschlossen. An einem Tag war meine Tasche aber so voll, dass der Schlüsselbund nicht mehr reingepasst hatte und ich habe ihn im Badezimmer in einer Schublade versteckt. Und als ich von der Arbeit gekommen bin, wollte ich die Türen aufschließen und dazu habe ich den Schlüsselbund aus der Schublade geholt und mir ist aufgefallen, dass der Büroschlüssel fehlt. Da 2 Freundinnen da waren, weil ich für die was faxen sollte, habe ich einfach nur den fehlenden Schlüssel gesucht. Sie hat natürlich, nette Tochter, wie sie ist, geholfen, den Schlüssel zu finden...

Ich habe den Schlüssel dann einzeln in der Schublade liegend gefunden und erstmal für die Freundinnen die Faxe verschickt. Als dann Ruhe war, ist mir sofort in den Kopf gestiegen, dass sie dann ja nur diejenige gewesen sein kann, die den Schlüssel vom

Bund abgemacht und sich an der Kasse bedient haben muss. Und auf Nachfrage hat sie auch das zugegeben!
Da habe ich das erste Mal zu ihr gesagt, dass wir, wenn das noch mal vorkommt, sie anzeigen werden, so kann das nicht weitergehen!
Wofür sie das ganze Geld gebraucht hat, hat sie uns aber nie erzählt. Wahrscheinlich hat sie heimlich Drogen konsumiert! Wofür braucht man sonst innerhalb von ein paar Tagen mehrere Hundert Euro???

Das war nun ein kleiner Zeitsprung, aber ich glaube, so ist das besser zu verstehen, als wenn ich hier mit einem Thema anfange und dann irgendwo weiter unten dann das Thema weiter schreibe.

Nun kam ja auch leider wieder das blöde Jugendamt und die sogenannte Familienhilfe mehr ins Spiel...

Ich habe, es waren dann Sommerferien, das Kind als Betreuerin in einem „Feriencamp" untergebracht, dann war sie jedenfalls 2 Wochen beschäftigt. Wir mussten ja arbeiten, der kleine war nicht da und ich wollte die nicht die ganze Zeit alleine zu Hause lassen. Dan wäre die Wohnung bestimmt fast leer gewesen (Bildlich gesehen). Zum Glück durfte sie dann da die 2 Wochen hin.
Dann waren die Kinder noch 2 Wochen mit meinen Schwiegereltern im Urlaub und sie war auch raus. Was soll man sonst machen, wenn man Angst hat, das Kind alleine zu Hause zu lassen.

Irgendwann, auch in dieser Zeit, habe ich dann zufällig raus bekommen, dass das Kind sogar Bestellungen auf anderer Leute Namen getätigt hat.

Das kam so: Ich hatte dem Kind gesagt, dass sie nicht ihr ganzes Geld für Klamotten ausgeben soll. Sie hat nämlich andauernd, vor allem Schuhe gekauft, was in meinen Augen sinnlos war. Man sollte ja auch Geld sparen und das nicht nur für sinnlose Sachen ausgeben.

Also hat sie zuerst ihre Pakete zu unserem Nachbarn schicken lassen. Der hatte sich gewundert, dass Pakete zu ihm geliefert wurden, hat das Paket aber angenommen. Sie hatte ihn dann gefragt, ob sie, weil ich ja nicht wollte, dass sie ihr Geld zum Fenster raus wirft, ihre Pakete immer zu ihm liefern lassen darf. Er hat dann gesagt, dass er damit kein Problem hat.

Irgendwie, ich weiß nicht genau, wie das kam, habe ich dann entdeckt, dass sie sich eine zweite Emailadresse zugelegt hat. Ich habe da dann mal in den Mailverkehr geguckt und bin da dann auf Mails gestoßen, die mich stutzig gemacht haben.

Sie hat z. B. bei einer Drogerie Sachen bestellt, aber nicht auf ihren Namen, sondern auf den Namen des Nachbarn... Als sie wohl gemerkt hat, dass das Paket nicht rechtzeitig kommt, hat sie da im Namen des Nachbarn hingeschrieben und gefragt, wo die Ware bleibt. Und wieder mal hat sie eine Straftat begangen... Wir haben unseren Nachbarn dann nahegelegt, dass er sie anzeigen soll. Er hat das, zu ihrem Glück, leider nicht gemacht. Er meinte, es wäre ja nichts passiert, sie hätte die Rechnung(en) ja bezahlt und somit würde er ja keinen Ärger bekommen. Schön blöd, aber naja, muss jeder selber wissen.

Wir haben ihr nach dem Vorfall mit den Diebstählen bei uns gesagt, dass wir sie, wenn das noch mal vorkommt, anzeigen werden, weil das jetzt langsam schon extrem kriminell ist und wir uns das nicht mehr gefallen lassen.

Die erste Anzeige ließ auch nicht lange auf sich warten...
Zuerst hat eine Kollegin von der ersten Ausbildungsstelle eine Anzeige bekommen, wo dann gesagt wurde, dass das Kind die Kollegin angezeigt hätte. Dem war aber nicht so. Es kam dann raus – als die Post von der Kripo kam -, dass diese Kollegin von einem Onlinehändler angezeigt wurde, weil der Verdacht der Geldwäsche gegen sie bestand. Das Kind hatte wohl Ware zu dieser Kollegin schicken lassen und dann kam sie wohl mit der Bezahlung und/oder Rücksendung, so genau kann ich das gar nicht mehr sagen,

durcheinander. Und da das alles auf den Namen der Kollegin lief, wurde diese zunächst angezeigt.

Die Anzeige, die dann gegen das Kind kam, war aber von dem Vater ihres Exfreundes. Sie war wohl sauer auf diesen und hat dann die Ware, die ich gerade erwähnt hatte, von dem Konto des Exfreundes überweisen wollen. Der hatte ihr wohl mal seine Kontodaten verraten. Sie hat dann einfach Überweisungen ausgefüllt und mit seinem Namen unterschrieben. Die Bank hat das aber gemerkt und das Geld natürlich nicht gebucht sondern den Eltern des Jungen geraten, sie anzuzeigen, was die dann ja natürlich auch gemacht haben. Ich muss dazu sagen, dass der Vater des Jungen Rechtsanwalt ist.

Ich bin dann mit dem Kind zusammen zur Kripo gefahren, damit sie ihre Aussage machen konnte. Sie hat dann auch alles zugegeben, damit die Strafe dann nicht so hoch ausfällt. Auf die Frage des Beamten, warum sie das gemacht hat, hat sie kackfrech gesagt, dass sie dem Jungen eins auswischen wollte! Dann sprach der Beamte noch den Fall mit der Kollegin an und hat uns dann erklärt, wie diese Anzeige zustande gekommen ist. Die Sache ist dann auch eingestellt worden. Der Beamte sagte dann aber auch noch, dass von der Apotheke, wo sie über den ehemaligen Chef Medikamente oder ähnliches eingekauft hat, auch eine Anzeige eingegangen ist und ob sie sich jetzt schon dazu äußern möchte, damit sie nicht noch mal kommen muss. Sie hat dann erzählt, wie das alles gekommen ist und was sie gekauft hat. Davon habe ich dann auch nichts mehr gehört, ist wohl auch eingestellt worden.

Wegen der Sache mit den Überweisungen musste sie dann zur richterlichen Ermahnung.

Dazu später mehr...!

Anfang August, wir hatten gerade eine Reportage über arbeitslose (faule) Jugendliche gesehen, ist sie in ihr Zimmer gegangen und kam dann plötzlich ganz hektisch hoch und sagte, sie hätte heute noch ein Vorstellungsgespräch in einem Hotel! (heute gehe ich davon aus, dass sie dieses Hotel nicht zufällig ausgesucht hat...)
Ich hatte ihr dann angeboten, eine Bewerbungsmappe für sie fertig zu machen und sie zu fahren, damit sie nicht mit dem Fahrrad quer durch die Stadt fahren muss. Gesagt, getan. Sie hat sich umgezogen und ich habe die Bewerbungsmappe fertig gemacht und dann sind wir zu dem Hotel gefahren.
Sie rief mich dann noch an und sagte, dass die Personalchefs mich noch mal sprechen möchten und ich bin dann da (mit Jogginghose) rein und habe denen dann zugesichert,

dass ich dafür sorgen werde, dass sie, wenn sie Dienst hat von einem von uns zur Arbeit gefahren und auch wieder abgeholt wird.
Das habe ich auch unterschrieben und sie konnte am nächsten Tag schon anfangen!
Ich war echt stolz, dass sie sich ganz alleine eine neue Lehrstelle gesucht hat. Das habe ich ihr auch immer wieder gesagt. Dass das aber wohl alles ein „abgekatertes Spiel" war, ist uns auch erst später in den Sinn gekommen...
Naja, lange hat sie es da auch nicht ausgehalten. Kurz nach Anritt der Ausbildung haben wir dann spitz bekommen, dass sie sich von mir oder meinem Mann immer schön hat zur Arbeit fahren lassen und dann aber zum Arzt gegangen ist und sich hat krankschreiben lassen. Sie hat sich dann zur regulären Feieramtszeit dann auch vor dem Hotel wieder von einem von uns abholen lassen, obwohl sie gar nicht zur Arbeit war. Da fragt

man sich, wo sie sich dann den ganzen Tag aufgehalten hat. Wie gesagt, wir haben beim Ausräumen ihres Zimmers einen Wohnungsschlüssel von ihrem Erzeuger gefunden und der wohnt nicht weit weg von dem Hotel und komischerweise, welch Zufall, hat die Tochter des Vermieters und Nachbarn des Erzeugers dort auch eine Ausbildung angefangen... Wie komisch das doch alles ist... Einmal hatte sie dann „angeblich" einen Arbeitsunfall und ihre Chefin hat sie ins Krankenhaus gefahren. Sie rief dann an und fragte, ob einer von uns sie abholen könne, weil ihre Chefin keine Zeit hat, so lange zu warten. Mein Mann ist dann zum Krankenhaus und ist mit ihr noch zum Hotel gefahren. Sie kamen dann nach Hause und ich fragte, ob sie krankgeschrieben sei. Sie sagte, dass sie auf Etage ist und da ja Staubsaugen und Staubwischen könne, das geht mit dem Verband um den Finger. Sie müsse aber am nächsten Morgen früh zum Krankenhaus zur Kontrolle. Ich habe dann gesagt, dass wir erst den Kleinen zur Schule fahren, dann fahre ich sie zum Krankenhaus und dann zur Arbeit. Wenn sie im Krankenhaus fertig ist, soll sie mich anrufen und ich bringe sie dann zur Arbeit (und das, obwohl ich vor Schmerzen kaum noch Laufen konnte...). Auf dem Weg zur Arbeit sagte ich noch zu ihr, dass ihr Erzeuger (sie hatte ja wieder Kontakt zu denen), sie ja auch mal fahren könne, dann hätte ich ja etwas weniger Stress. Dazu hat sie aber nichts gesagt, außer „ja". Ich hatte sie dann vor dem Personaleingang des Hotels aus dem Auto gelassen und bin dann wieder zur Arbeit gefahren.

Als ich nach der Arbeit nach Hause gekommen bin, habe ich im Display vom Telefon die Nummer des Hotels gesehen und da angerufen, weil ich wissen wollte, was die

wollten. Die Frau am Telefon sagte mir dann, dass sie das Kind sprechen wollten, es ginge um eine Karte, die das Kind wohl hatte oder verbummelt hatte. Ich sagte dann, dass das Kind doch bei der Arbeit sei und die Frau sagte dann, dass das Kind nicht da sei, weil sie krankgeschrieben sei.
Ich habe dann nichts mehr gesagt und das Kind auf dem Handy angerufen. Ich war natürlich ziemlich sauer und habe ins Telefon geschrien, dass sie sofort nach Hause kommen soll, egal, wo sie jetzt ist. Boah war ich sauer... Da rennt und macht und tut man und die verarscht einen, wo man daneben steht...

Ich weiß auch gar nicht, wie oft sie sich hat krankschreiben lassen, aber das war wohl ziemlich häufig. Also war ja auch klar, dass sie da nicht lange bleiben wird.
Und so war es dann auch. Sie ist zwar nicht entlassen worden, hat der Entlassung aber

vorgegriffen, weil sie eh die Kündigung bekommen hätte. Sie hat nämlich einem Gast ein Handy geklaut und der Gast hat das gemerkt und den Diebstahl (endlich) zur Anzeige gebracht. Somit hatte sie dann schon die zweite Anzeige am Hals.

Als das mit der Krankschreibung war, von der wir nichts wussten,

Als ich das meinem Mann erzählt hatte, war der natürlich auch total wütend, gerade, weil ich so starke Schmerzen hatte und für sie hin und her gefahren bin und dann so verarscht wurde.
Als mein Mann dann zum Mittagessen nach Hause kam, ist die ganze Sache eskaliert...
Er hat dem Kind dann einen „Arschtritt" verpassen wollen, hat aber nicht richtig ge-

troffen, sondern sich tierisch am Fuß verletzt. Sie hat wohl etwas abbekommen, aber nicht viel.

Dann rief, wie es der Teufel will, kurz danach die blöde Kuh von der Familienhilfe an und was macht dieses Kind: Die erzählt der blöden Kuh doch glatt, dass mein Mann sie getreten und geschlagen hätte.

Mein Sohn hatte dann Logopädie und danach gleich Training und eigentlich sollte das Kind mit. Sie hat dann aber gesagt, dass sie von der blöden Kuh abgeholt wird. Ich dachte mir: Gut, dann hab ich etwas Ruhe vor ihr.

Als ich mit meinem Sohn dann vor der Sporthalle gestanden habe, rief plötzlich meine Schwiegermutter an und sagte, dass das Kind da angerufen hat, weil sie in die Wohnung müsse. Ich hab meiner Schwiegermutter dann kurz erzählt, was vorgefallen ist und ihr gesagt, dass sie sie rein lasen kann,

sie will bestimmt ihre Klamotten packen –
da war ich dann schon so weit, sie gehen zu
lassen, weil wir nicht mehr konnten.
Meine Schwiegermutter ist dann zu uns gefahren und hat sie rein gelassen. Und die
blöde Kuh von der Familienhilfe hat nichts
Besseres zu tun als meine Schwiegermutter
anzumachen... So was geht ja gar nicht!
Meine Schwiegermutter war total fertig.
Es wurde uns aber nicht erzählt, was jetzt ist
und wo das Kind sich aufhält. Wir persönlich sind nicht mal informiert worden!!!
Das war echt der Hammer!
Nach 2 Tagen hat dieses Kind sich dann gemeldet und gemeint, es wäre in einem Kinderschutzhaus. Ich fand das schon krass,
dass ein minderjähriges Kind einfach irgendwo hingebracht wird und man als Elternteil keinerlei Informationen bekommt -
man will ja keine Adressen haben, aber zumindest wissen, dass das Kind gut versorgt

ist -. Es hat sich weder vom Jugendamt noch von dieser tollen Familienhilfe jemand bei uns gemeldet!!! Theoretisch hätte ich die Polizei rufen müssen, damit diese sie suchen. Dazu hatte ich aber keine Nerven. Wir wollten erstmal zur Ruhe kommen.
Das Kind wollte dann aber nicht in diesem Kinderschutzhaus bleiben. Sie sollte aber da bleiben. Ich war dann zwischendurch einmal da, um sie zu besuchen und hatte da auch ein Gespräch mit so einem Mitarbeiter (die kommen mir ja auch immer so komisch vor...).
Der sagte dann, dass das Kind da erstmal nicht weg dürfe und die haben jetzt wohl das Aufenthaltsbestimmungsrecht. Ich habe dann zu dem Kind gesagt, dass sie da jetzt durch muss, denn sie hat ja der blöden Kuh die Lügen erzählt.
Eine Woche später, wir haben gerade Fernsehen geguckt, sagte mein Mann, dass das

Telefon leuchtet (der Ton geht um 21 Uhr aus). Ich bin dann ran gegangen und da war dann ein Typ von diesem Kinderhaus dran und meinte zu mir, dass das Kind da nicht wieder erschienen sei. Sie war wohl zur Arbeit und ist nach Feierabend da nicht aufgetaucht. Ich habe ihn dann gefragt, warum er dann bei uns anruft. Er meinte dann, dass ich dafür Sorge zu tragen hätte, dass sie da erscheint. Ich habe den dann gefragt, wie der sich das vorstellt, schließlich haben die doch jetzt die Verantwortung für das Kind. Aber er meinte dann, dass ich dafür zu sorgen habe, dass die da pünktlich erscheint – voll der Hammer, dieses komische Haus war ca. 30 km von uns entfernt.

Naja, dumm und blöd, wie ich dann bin, habe ich mich auf die Suche nach diesem Kind gemacht und es dann auch bei uns im Ort ausfindig machen können und dann gesagt, weil ich Angst vor Konsequenzen hatte, dass ich sie zu diesem Haus fahren werde. Da war es mittlerweile 23.30 Uhr... Ich hatte auch schon meine Medikamente genommen, bin aber trotzdem gefahren. Und was passiert??? Ich gerate prompt in eine Polizeikontrolle! Es ist zum Glück nichts passiert. Ich darf mit den Medikamenten auch Auto fahren, habe extra eine „Bescheinigung" vom Arzt dabei. Ich habe aber zum Kind gesagt, dass das echt nett von ihr ist, was sie mir alles antut, und habe mich dann schon mal bei ihr bedankt, falls ich Ärger bekomme bzw. sogar vorübergehend den Führerschein abgeben muss.

Ich habe sie dann zu diesem Haus gebracht und da dann gesagt, dass sie unter diesen Umständen, dass Ich nachts losfahren muss, um sie zu suchen, da in dieser Einrichtung nicht bleiben wird. Ich habe dann Kontakt zum Jugendamt aufgenommen und durchgesetzt, dass dieses Kind da raus kommt und vorübergehend wieder zu uns.

Zum Glück – muss ich jetzt sagen - war dies nicht von langer Dauer!

Knapp 2 Monate, nachdem das mit dem Kinderschutzhaus war, habe ich, nachdem ich eine Vorschau im Fernsehen gesehen hatte, spontan zu den strengsten Eltern der Welt geschrieben. Das war echt spontan aus dem Bauch heraus. Ich habe einfach das Laptop genommen und eine Email da hingeschrieben. Ich habe mir alles von der Seele geschrieben. Das tat gut. Ich hatte aber nicht damit gerechnet, je etwas von denen zu hören...

Die „Bewerbungsmail" habe ich an einem Samstag geschrieben und am darauffolgenden Montag kam ein Anruf von der Redaktion. Die Dame am Telefon sagte mir, dass sie sehr interessiert seien, das Kind zu den strengsten Eltern zu schicken.

Wir haben sehr lange telefoniert und ich habe ihr noch mal erzählt, was hier alles so vorgefallen ist. Sie hat sich dann noch Stichpunkte aufgeschrieben. Ich habe ihr dann gesagt, dass ich schon mal angefangen habe, für die Kinder- und Jugendpsychiatrien alles aufzuschreiben und habe ihr angeboten, ihr das zuzumailen. Sie war sehr dankbar, weil sie ja nicht alles mitschreiben konnte, weil das einfach zu viel war. Sie sagte mir dann, dass sie die Mails von mir dann noch bei der Redaktionssitzung vorlegen und besprechen würde und sagte mir zu, mich auf jeden Fall noch einmal anzurufen.

Dieser Anruf kam dann auch ziemlich schnell und sie fragte mich dann, ob das

Kind einen Reisepass hätte. Dies musste ich verneinen. Das war aber nicht so schlimm. Dann fragte sie noch, wie es dann mit der Lehrstelle aussieht, ob sie da weg könnte. Ich habe ihr dann gesagt, dass ich für den Fall, dass das Kind angenommen wird, dort hinfahren werde und mit denen sprechen würde.

Kurze Zeit später hat die Frau mich dann noch mal angerufen und mir gesagt, dass das Kind am 07.12. abreisen könne. Da musste ich der Frau leider sagen, dass das Kind zwischenzeitlich zu ihrem Vater gezogen sei und nicht mehr bei uns leben würde. Die Frau sagte noch, dass das schade sei, weil es solche Fälle bei denen noch nicht gab. Ein Kind, dass in geordneten Verhältnissen aufwächst, einen Schulabschluss hat und sogar eine Ausbildung macht und (offiziell) weder Alkohol, Nikotin oder Drogen konsumiert.

Während der Zeit, wo ich noch verzweifelt versucht habe, eine Lösung für das Kind zu finden, sie wieder auf den richtigen Weg zu bringen usw. Hat sie mir über WhatsApp geschrieben hat, dass sie zu ihrem Vater will. Mein Mann hat dann bei dem angerufen und ihm gesagt, dass er sie abholen kann.

Das hat der dann auch gemacht!!!!

Uns ist ein riesiger Stein vom Herzen gefallen. Es wurde schlagartig ruhiger bei uns, wir wurden ruhiger und der Kleine hat prompt bessere Leistungen in der Schule gebracht...

Natürlich war das Thema mit dem Weggang nicht erledigt, aber es war für uns alles viel angenehmer.

Ich höre jetzt hier erstmal auf, bin aber am Überlegen, ob ich noch eine Fortsetzung verfasse.

Wenn jemand wissen möchte, wie die ganze Geschichte weiter geht, darf er gerne warten und hoffen.
Wie gesagt, es gibt noch sooooo viel zu erzählen.

Ich kann aber nur so viel sagen: Uns geht es jetzt immer noch, fast 2 Jahre nachdem sie weg ist, sehr gut! Es war für uns die richtige Entscheidung, nicht mehr um das Kind zu kämpfen und sie gehen zu lassen!!!

Sie lebt jetzt bei ihrem Vater und es ist da wohl doch nicht so toll, wie sie immer gemeint und gesagt hat

Das Leben verläuft anscheinend nicht so, wie sie sich das vorgestellt hat. Seit das Kind weg ist, ist noch so viel vorgefallen, dass dieser Stoff, den ich aus Chatverläufen usw. sammeln konnte, noch ein zweites Buch füllen könnte. Wie oben schon angemerkt, überlege ich ernsthaft, eine Fortsetzung zu Papier zu bringen.

Ich weiß auch nicht, was der Erzeuger dem Kind für Versprechungen gemacht hat, damit sie zu ihm zieht, aber anscheinend hat er seine Versprechungen nicht gehalten, wie so manches mal durchsickert. Aber sie hat sich das so ausgesucht und nun muss sie damit leben. Wir sind raus, das schreibe ich ihr auch immer wieder.

Vielleicht konnte ich ja mit diesem Buch dem einen oder anderen verzweifelten Leser helfen, sich auch von dem Kind zu lösen.

Natürlich müssen wir uns nach wie vor von irgendwelchen schlauen Leuten anhören: „Wie kannst du das machen, das ist doch dein Kind…!".

Meine Antwort lautet dann einfach: „Hat das Kind jemals Rücksicht auf uns genommen bzw. daran gedacht, was sie uns mit ihrem Verhalten und Tun antut?!". Sie hat auch nicht überlegt bzw. ignoriert, dass sie die Menschen beklaut, belügt und betrügt, die sie die ganzen Jahre versorgt haben. Warum sollen wir uns jetzt ein schlechtes Gewissen einreden lassen, vor allem von Leuten, die überhaupt keine Ahnung haben, was hier vorgefallen ist.

Und wenn die Leute das nicht verstehen wollen, breche ich einfach den Kontakt zu denen ab. Die können ja nur mal ansatzweise das durchmachen, was wir durchmachen mussten, dann würden die mich bzw. uns evtl. auch verstehen…

Wie ich am Anfang schon erwähnt habe, kann ich nicht versprechen, dass der zeitliche Ablauf chronologisch ist und ich kann auch nicht sagen, ob ich mich evtl. bei einigen Abschnitten wiederholt habe. Es kann auch sein, dass ich einige Vorfälle gar nicht aufgeschrieben habe, weil ich auch nicht alles behalten habe.

Fakt ist aber, dass sich das, was ich hier aufgeschrieben habe, tatsächlich zugetragen hat. Da ist kein Vorfall übertrieben oder dramatisiert worden!

Fortsetzung folgt…

Herstellung und Verlag:
BoD - Books on Demand, Norderstedt
ISBN 978-3-7386-3575-1